大别山红色经典故事

大别山红色经典故事

孙俊杰 主编

信念之花

海燕出版社
·郑州·

图书在版编目（CIP）数据

信念之花 / 孙俊杰主编. — 郑州：海燕出版社，2021.12
（大别山红色经典故事）
ISBN 978-7-5350-8767-6

Ⅰ.①信… Ⅱ.①孙… Ⅲ.①革命故事-作品集-中国-当代 Ⅳ.①I247.81

中国版本图书馆CIP数据核字（2021）第266602号

信念之花
XINNIAN ZHIHUA

出 版 人：董中山	封面绘画：睿鹰绘画工作室 / 贾雄虎
策划编辑：王茂森　胡宜峰　　　　王　敏	内文插图：陈卓君　张英豪
	责任校对：郝　欣
责任编辑：朱立东	责任印制：邢宏洲
装帧设计：张　军	责任发行：贾伍民

出版发行：海燕出版社
　　　　　地址：郑州市郑东新区祥盛街27号　邮编：450016
　　　　　网址：www.haiyan.com
　　　　　发行部：0371-65734522　总编室：0371-63932972
经　　销：全国新华书店
印　　刷：郑州市毛庄印刷有限公司
开　　本：710毫米×1000毫米　1/16
印　　张：10
字　　数：170千字
版　　次：2021年12月第1版
印　　次：2021年12月第1次印刷
定　　价：28.00元

如发现印装质量问题，影响阅读，请与我社发行部联系调换。

丛书编审委员会

名誉主任：周秉和　林爽爽　姜为民　林世选　王　锋
主　　任：宋争辉　李兴成　吴宏阳
常务副主任：刘吕红　孙俊杰　林志成
副 主 任：于向东　刘　寅　陶志刚　孙　伟　王国胜
　　　　　李晓京　付金辉　刘　辉　董绍富　刘　华
　　　　　叶希武　林靖国

前 言

2019年9月，习近平总书记到大别山考察调研时强调，要讲好党的故事、革命的故事、根据地的故事、英雄和烈士的故事，加强革命传统教育、爱国主义教育、青少年思想道德教育，把红色基因传承好，确保红色江山永不变色。习近平总书记的讲话，体现了党中央对加强革命传统教育的重视，体现了对大别山革命根据地重要历史地位和大别山精神的充分肯定，成为我们编写"大别山红色经典故事"丛书、弘扬大别山精神的动力和根本遵循。

大别山居鄂豫皖三省交界处，是淮河和长江的分水岭，东西绵延约380公里，南北宽约175公里。

自1921年中国共产党诞生到1949年新中国成立的28年间，大别山地区始终坚持武装斗争，坚持革命不动摇。这片光荣的土地，曾经孕育出徐海东、王树声、许世友、韩先楚等300余位叱咤风云的共和国将军，留下了董必武、李先念、徐向前、刘伯承、邓小平等老一辈无产阶级革命家的战斗足迹；这片神奇的土地，诞生了红四方面军、红二十五军、红二十八军等几支英勇无敌、赫赫有名的红军队伍；这片红色的土地，涌现出了许许多多可歌可泣、令人敬仰的英雄人物，大别山儿女踊跃参军、参战，近百万人为革命献出了生命。

大别山红旗高高飘扬，永远不倒！

在这里，我们从以下四个时期来回顾一下大别山28年红旗不倒的辉煌革命历史。

一、大革命时期，是中国共产党的重要建党基地

在革命先辈董必武、陈潭秋的启蒙影响下，一大批青年学生先后走上了革命道路。大别山地区许多地方建立了党的组织，工农运动迅猛发展。星星之火燃遍大别山……

二、土地革命战争时期，是中国革命的重要发源地

1. 鄂豫皖革命根据地的创建

1927年，国民党发动反革命政变，疯狂屠杀共产党人，轰轰烈烈的大革命遭到失败。为了挽救革命，8月7日，中共中央在汉口召开紧急会议，确定了土地革命和武装反抗国民党反动派屠杀政策的总方针。大别山区的鄂豫皖三省党组织坚决贯彻"八七"会议精神，相继发动了湖北黄麻起义、河南商南起义、安徽六霍起义，创建了中国工农红军第十一军第三十一师、第三十二师和第三十三师，开辟了鄂豫边、豫东南和皖西革命根据地。

2. 鄂豫皖革命根据地正式形成与发展

为了把三块根据地连为一体，实现党在整个大别山区域的集中统一领导，根据中央指示，1930年4月，中共鄂豫

皖边特委成立，同时，将红十一军改编为中国工农红军第一军，许继慎、徐向前分别任军长和副军长。6月下旬，鄂豫皖边区第一次工农兵代表大会召开，选举产生了鄂豫皖苏维埃政府，这标志着鄂豫皖革命根据地正式形成。

1931年11月7日，红四方面军在黄安县（今红安县）七里坪成立，徐向前任总指挥。随即发起黄安、商潢、苏家埠、潢光四大战役，歼敌6万余人，取得了第三次反"围剿"斗争的重大胜利。

鄂豫皖苏区达到鼎盛时期，发展成为仅次于中央苏区的全国第二大革命根据地，也是中国共产党在长江以北创建的最大规模的革命根据地。

3. 红四方面军西征

1932年夏季，在鄂豫皖苏区蓬勃发展之际，敌人发动了第四次反革命"围剿"。由于敌我力量悬殊，加上张国焘的错误领导，导致第四次反"围剿"失败，红四方面军主力被迫于1932年10月西征。部队从大别山到商洛山再到大巴山，一路转战3000余里，浴血奋斗，建立了川陕革命根据地。1936年10月，红军三大主力部队在甘肃会宁、静宁地区会师后，红四方面军主力部队又组成西路军西征，力图打通西北到苏联的交通线，但遭敌优势兵力堵截，悲壮失利。

4. 重建红二十五军，坚持苏区斗争与北上长征

红四方面军主力西征后，国民党反动派继续对我大别山根据地进行"围剿"和"清剿"。1932年11月，中共鄂豫皖

省委决定重建红二十五军，由吴焕先任军长，独立挑起坚持鄂豫皖革命根据地武装斗争的重担。这支英勇的部队在顽强坚持了两年斗争后，面对日益困难的斗争形势，于1934年11月召开花山寨会议，根据中央指示，实行战略转移，为发展红军和创建新根据地而斗争。

1934年11月，中共鄂豫皖省委率领红二十五军近3000名将士，高举"中国工农红军北上抗日第二先遣队"的旗帜，由罗山县何家冲出发，踏上漫漫征途。至1935年9月抵达陕北永坪镇，历时整十个月，孤军远征近万里。长征经过三个阶段：千里转战，胜利进入陕南；创建鄂豫陕革命根据地；继续北上，先期到达陕北，胜利完成长征。

红二十五军长征是在鄂豫皖省委直接领导下独立自主完成长征的光辉典范——这是一支在长征中唯一增员的部队，这是一支被称为"儿童军"的平均年龄最年轻的部队，这是一支在中途新开辟了根据地并始终保持下来的部队，这是一支最早到达陕北的部队。这支部队孤军转战，威震陕甘，在长征中由孤军成为劲旅，由偏师成为先锋，策应了中央红军的战略行动，成为中央红军和党中央到达陕北的先导，为红一、红二、红四方面军会师陕北做出了历史性的重大贡献，在中国革命生死存亡转换的大棋局中发挥了无可估量的作用。

5. 红二十八军坚持大别山区三年游击战争

红二十五军实行战略转移后，留在当地的革命队伍开始了艰苦的游击战争。根据鄂豫皖省委的指示，时任省委常委的高敬亭集中留下的部分武装，组建红二十八军。红二十八军领导了鄂豫皖革命根据地艰苦卓绝的敌后游击战争，让革命的红旗始终飘扬在大别山区。

三、抗日战争时期，是华中抗战的重要根据地

第二次国共合作建立后，红二十八军改编为新四军第四支队，后来发展为新四军第二师，创建了拥有330万人口、17个县级政权的淮南抗日根据地。

1939年11月，新的中共豫鄂边区委员会成立，边区各武装力量统一整编为新四军豫鄂挺进纵队，李先念任司令员，豫鄂边抗日根据地初步创立。1941年2月，豫鄂挺进纵队整编为新四军第五师。到抗日战争胜利前夕，根据地拥有5万余人的正规军和30余万人的民兵武装力量，成为华中抗战的中流砥柱。

新四军第二师、第五师共创建约12万平方公里的抗日民主根据地，是中国共产党领导的主要抗日根据地。

四、解放战争时期，是中国革命走向胜利的战略转折地

1946年6月，李先念领导的中原部队粉碎了国民党30万大军的包围，胜利实施中原突围，揭开了人民解放战争的序幕。

1947年8月，为了把战争引向国民党统治区域，实现由战略防御转向战略进攻，根据党中央和毛主席的指示，刘邓大军在陈粟、陈谢大军的配合下，挥师南征，千里跃进大

别山，重建了大别山根据地，实现了解放战争由战略防御到战略进攻的伟大转折。

综上所述，从1921年中国共产党诞生至1949年新中国成立，大别山见证了中国革命完整的斗争历程，创造了大别山28年"红旗不倒"的革命神话。

"坚守信念、胸怀全局、团结奋进、勇当前锋"的大别山精神是我们不断砥砺前行的强大精神动力。2019年9月，习近平总书记在河南考察调研时指出，鄂豫皖苏区根据地是我们党的重要建党基地，焦裕禄精神、红旗渠精神、大别山精神等都是我们党的宝贵精神财富，将大别山精神纳入中国共产党人的精神谱系。作为中国革命珍贵的遗产，大别山精神将永远激励我们为实现中华民族伟大复兴而不懈奋斗。

讲好大别山红色故事，弘扬大别山革命传统和革命精神，赓续红色血脉，传承红色基因，是我们义不容辞的责任。鉴于此，我们组织、策划、编写了这套丛书，遴选党史、军史方面的学者专家，以饱满的激情和生动的笔触，客观真实地再现当年风起云涌的斗争场面，展现先烈英模的奋斗牺牲精神，这将对今天的青少年读者起到培根铸魂的示范引领作用。

鉴于这些故事发生在大别山，或主要是根在大别山的人物和红二十五军的故事，所以我们把该丛书定名为"大别山红色经典故事"。

丛书编审委员会
2021年11月

目 录

001　铁血征程"七仙女"

037　军长的妻子

093　大别山女儿肖国清

105　巾帼英雄戴醒群

115　舍身跳崖的晏春山

123　用生命守护党的秘密

131　清秋傲放的仙菊

 # 铁血征程"七仙女"

孙俊杰 关 耘

七仙女传说是中国神话传说中晶莹闪亮的一颗明珠。她们是玉皇大帝的七个女儿,美丽、善良,忠于爱情,同情弱小,向往人间,留下了凄美的爱情传说,打动着人们的心灵。

而本文中的"七仙女",则是生活在我们人世间美丽的"仙女",她们有着飒爽的英姿、姣好的面容、如水的柔情,也有着钢铁般的意志、纯洁高尚的情怀。她们赴汤蹈火,救死扶伤,无私无畏,一往无前,在红二十五军西征北上的铁血征程中,留下了一个个催人泪下的革命故事和一段段缠绵美好的爱情佳话……

一、她们是大别山的女儿

横亘于鄂豫皖三省的大别山,郁郁葱葱,茫茫苍苍,流泉飞瀑,巍峨壮丽,她是鄂豫皖苏区的发祥地,也是红军的母亲山和红色革命的摇篮。

红二十五军长征出发时,队伍中有七名红军医院女护士,正好组成一个班。因为数字的巧合,故有"七仙女"之称。

"七仙女"班的成员是:班长曾纪兰,副班长田希兰,护士张桂香、曹宗凯、戴觉敏、周少兰、余国清。她们都是河南、湖北、安徽三省穷人家的孩子,是大别山的女儿。她们的妙龄少女时代,各自都有一页鲜红的追求革命的履历,在红军长征途中,又书写了一段传奇的人生。

在苦难的旧中国，女性受"三从四德"的封建礼教压迫，处于社会底层，生活十分艰难。当年流传在大别山地区的《妇女解放歌》《妇女闹革命》《妇女诉苦歌》，就是女性生活的写照。

妇女解放歌

世上问题多，顶多是什么？
男女婚姻头一个，听我仔细说。
婚姻在从前，父母来包办，
男子面貌和生年，女的不能管。
婚姻一订下，无有什么话，
不论瘸子和眼瞎，硬要女嫁他。
爹娘包办婚，害杀多少人，
不是跳河就投井，说来多伤心。
现在天露光，出了共产党，
婚姻自己做主张，妇女得解放。

妇女闹革命

一更出厨房，心中自思量，
往年礼教太不良，女子受冤枉。
从小就缠足，一生难出头，
三从四德真残酷，生在黑地狱。
小脚行路难，遇事有麻烦，

想找别人帮助点,只有受白眼。
三更进小房,坐在踏板上,
无言无语脱衣裳,眼泪肚里装。
心中细思量,如今不一样,
太阳照在我头上,妇女得解放。

妇女诉苦歌

叫声妇女们,仔细听分明。
旧社会数千年到如今,妇女们不当人,实在不平等。
任人欺,任人打,任人卖成银。妇女的苦处似海深。
叫声妇女们,穷苦的姐妹们。
旧社会礼数害人精,讲三从讲四德,实在捆死人。
又钻耳又裹脚,失掉人的形,把人当成怪妖精。

歌声如泣如诉,又悲又叹,反映了妇女渴望自由解放的呼声。"七仙女"中的周少兰、张桂香、曹宗凯,似乎有着相同的悲惨命运,不是被迫裹小脚,就是要被卖给他人当丫鬟、做童养媳、做小妾,受尽了封建剥削和压迫,她们不甘屈服于命运,在共产党的教育下走上了革命道路,向吃人的旧社会发起了奋勇的抗争,努力建立一个红彤彤的新世界。

周少兰,1917年出生在安徽六安县(今六安市),由于家境贫穷,10岁就被送到一家姓沈的大户人家做童养媳，受尽欺辱。她14岁参加了革命，15岁光荣地加入了共产主义青年团。坎坷的生活经历，养成了她倔强不屈的性格。她皮肤白净，长相柔美，虽然身材瘦小，但心直口快，敢爱敢恨，敢做敢当，就像一个红亮亮的小辣椒，可爱而又勇敢。1932年10月，周少兰加入红军，参加了鄂豫皖革命根据地的反"围剿"斗争，在枪林弹雨中不断成长。

张桂香，河南省光山县林家冲人，参加长征时二十三四岁。张桂香被迫从小就缠脚，还被卖给地主当丫鬟，受尽了虐待和折磨。16岁那年，她奋起参加革命，从事妇女工作。1933年冬，她由地方转到鄂东北游击总司令部，在光山东区一带打游击。在艰苦的斗争中她与游击总司令戴季英相识相爱，并与之结成了一对"游击夫妻"。

曹宗凯，1916年生于皖西霍邱县叶家集一户贫苦农民家庭，家徒四壁，缺吃少穿。幼小的她，起早贪黑，承担起家庭重担。十四五岁时，因生活所迫，她被当作人质抵债，给老财主做第三房小老婆。她不满这门婚事，毅然逃出家门，跑到河南境内的商城山区，参加了红军，走向了新生。1931年冬，成立于皖西的红二十五军在移驻霍邱叶家集整训部队扩充新兵时，曹宗凯被编入红二十五军。也许是因为"逃婚"的缘故，她整天乐呵呵的，好像浑身有使不完的劲。时任红二十五军第七十三师政治委员的吴焕先，在叶家集街头每次看见她兴高采烈的样子，也被她的情绪所感染，总是忍不住把她的名字曹宗凯唤作"曹更改"。曹氏"更改",这个非同一般的芳名,似乎赋有一种寓意:"更改"着她命运多舛的人生。

在那"山崖山洞是病房,野菜野果当食粮"的艰苦岁月里,敌人完全"用竭泽而渔之方,作一网打尽之图"。每当搜山"清剿"时,敌兵像疯狗似的狂吠乱叫:"山山过火,树树断根,赶尽杀绝,斩草除根!"但在深山老林里,很多大树干上,都刻着针锋相对的斗争口号:"青山烧不尽,绿树不断根;留得山林在,到处有红军!"敌人三天两头放火烧山毁林,曹宗凯和她的姐妹们,随时随地冒着浓烟烈火,掩护伤病员进行转移,跟敌人兜圈子打游击。她经受住了那种血与火的苦日子,从早到晚总是笑嘻嘻、乐呵呵的,清瘦的脸面上泛着红晕,眼里也闪烁着少女的青春光彩。那时候,曹宗凯就把红军比作树身、树干,而把自己比作青枝、绿叶,不管环境怎么艰苦,斗争如何残酷,她都执着地苦恋着红军这棵大树。她曾在树上刻下决心:"红军是大树,我们是绿叶;留得树干在,叶子不会落!"她与红军融为一体,与红军休戚与共,即使把她这片绿叶溅满鲜血沤成肥料,她也心甘情愿,无怨无悔。她是大别山的女儿、红军的一员,也是一名勇敢无畏、视死如归的红军女战士。

而家在湖北省黄安县(今红安县)七里坪上戴家村的女护士戴觉敏,她的身世则是"七仙女"中比较典型的一个。戴觉敏1916年出生于书香门第,从小就受到红色风暴的洗礼,她的父亲和哥哥都是她的启蒙老师,直接把她引上了革命道路。在那血与火的岁月，她家一共有十四人参加革命，长征前已有十人为革命献出了生命。

戴觉敏的父亲戴雪舫是位教书先生，他人品高洁，思想进步，立志要改变腐朽的社会制度，求得民族独立、人民翻身解放。在五四运动影响下，戴雪舫积极从事新文化运动，与党的创始人之一董必武同志交往很密，情谊甚深。1926年，戴雪舫加入中国共产党。他曾担任中共麻城县委书记、鄂豫皖苏区列宁高等小学校长等职。1932年，第四次反"围剿"开始时，鄂豫皖苏区首府新集不断遭到敌机的狂轰滥炸，师生中经常有人被炸死炸伤。他心急如焚，泪水纵横，常常为此吃不下饭，睡不着觉。在一次敌机疯狂轰炸时，他不顾安危指挥学生防空转移，不幸中弹壮烈牺牲。

哥哥戴克敏是鄂豫皖苏区和红四方面军的创始人之一。1924年，18岁时戴克敏考入武昌第一师范学校。在董必武的影响下，他于1925年加入中国共产党。1927年，他曾在武昌农民运动讲习所学习，后又和吴焕先、潘忠汝、吴光浩等人领导了著名的黄麻起义。起义遭受失败后，他和吴光浩率领72名成员，转到木兰山开展游击战争，并任党代表。1928年后，戴克敏历任红军师党代表、师政治委员，率部参加了第一、二、三次反"围剿"作战。他意志坚定，革命性强，文武兼备，能力出众，在鄂豫皖苏区和红军中拥有崇高的威望。令人痛心的是，1932年夏，他没有牺牲在敌人的屠刀之下，而是被张国焘的错误路线所害。徐向前元帅生前一直念念不忘这位生死与共的亲密战友，多次说他是"大家的表率"。

戴觉敏在红色家庭的熏陶下，12岁就参加了儿童团，迈上了革命道路，随后她又跟随父亲就读于新集列宁高等小学，成为鄂豫皖苏区的一位巾帼少年。1930年秋，她曾作为儿童团的代表，参加了鄂豫皖苏区的儿童团代表大会，被选为少年儿童团团委常委。1932年春，戴觉敏在新集列宁高等小学读书时，红军总医院来招收护士，她高兴得手舞足蹈，顾不上征询她的校长父亲的意见，就跟堂妹戴醒群一起报名参加了护士班。她在红军总医院驻地箭厂河，经过半年护理业务训练，成为了一名红军女护士。也就在这一年，她的父亲和哥哥都先后牺牲。她哭红了眼睛，哭哑了嗓子，默默忍受着难以忍受的悲哀和痛苦，继承父兄的遗志，继续在红军总医院为伤病员服务。

1932年10月，鄂豫皖苏区第四次反"围剿"失败后，红四方面军主力被迫脱离根据地，向西转移，一直转战到四川。戴觉敏因当时来不及随主力红军行动而被留在了大别山，在年底成为重建后的红二十五军的一名白衣女战士。她和伤病员一起转移到天台山、老君山的密林里，继续坚持做医疗护理工作。遇到敌人搜山"清剿"时，医院还必须转移、"挪窝"，有时敌情十分紧张，她们就背着、扶着伤病员打游击，跟敌人"捉迷藏"。在深山密林里，找到石崖山洞居住，尚可躲避风雨；否则，她们就得砍树枝、割茅草、搭窝棚，好使伤病员将息休养，而医护人员只能背靠大树露宿过夜。根据地后来被敌人分割成几小块，几乎变成了无人区域，粮食医药奇缺，生活极为困苦。有时候，男护士冒着生命危险，从山下弄到一些稻谷背了回来，女护士就连夜用石板搓出米粒，赶天明煮成稀粥，端给伤病员吃。戴觉敏和她的姐妹们，则把稻谷皮壳炒焦碾成炒面，每人舔上几口充饥。这东西吃多了常常让人腹胀疼痛，难以忍受。严冬时节，她们连野菜、野果子也找不着，就只能扒树皮、挖葛藤根充饥。她们的战斗口号是："一切为了伤病员！"即使剩下一把米、一把盐、一把野菜，也都留给伤病员。没有药品，她们就用盐水、烟叶、南瓜瓤子为伤病员治伤。年仅十六七岁的戴觉敏，在极其艰难困苦的两年间，把她那一颗纯朴而又赤诚的少女的爱心，完全奉献给了红军伤病员。

1934年11月，跟随红二十五军长征出发前，戴觉敏一家有四位叔父惨遭敌人杀害，三位堂兄在同敌人浴血苦战中壮烈牺牲。她的嫂嫂曹继楷，被敌人贩卖出去，流落异乡。她的母亲石兰英，受尽了敌人的残酷折磨，被迫离开家乡，四处乞讨，病饿而死。还有早就牺牲的父亲、兄长。在那血与火的残酷岁月，她已经忍受了数不尽的苦难，积攒下了对反动派的刻骨仇恨，可以说是百炼成钢。

二、"红军走到哪里，我们就跟到哪里"

红二十五军出发长征时，"七仙女"班的这七位小姐妹，有两次差一点就被迫离开部队，离开她们心心念念的革命大家庭，只是由于她们的顽强坚持，才打动了军领导，留在了她们热爱的红军队伍。

1934年11月16日，红二十五军在吴焕先、程子华、徐海东的率领下，由河南省罗山县何家冲出发西进，去"打远游击"。为了迅速实施战略转移，部队一出发就是急行军。11月17日，在击退敌"追剿队"第五支队后，部队已接近平汉铁路。这时，军政治部考虑前有阻敌，后有追兵，军情紧急，出于对部队中仅有的七名女同志的关心爱护，怕她们在急行军中掉队出危险，就派军医院政委苏涣清来动员她们留在根据地，并给她们每人发了八块大洋。

苏涣清一见到七位女护士，就着急慌忙地对她们宣布说："前有堵敌，后有追兵，情况十分危急。你们女同志都要留下来，赶快返回苏区去，继续坚持革命斗争。这是政治部领导命令，必须坚决服从！"

说完，他也感到为难，就怕"七仙女"纠缠不休，他又无能为力，做不了主，就掉头匆匆而去。

突如其来的一道命令，把七个女兵吓得直愣神儿，不知所措。年龄最小的余国清，忍不住"哇"的一声大哭起来。

家在哪里？短短几年内，戴觉敏家中失去了十位亲人，母亲也下落不明，最是感到孤苦无助，她忍不住一阵伤心，边哭边说："我们跑出来'打远游击'，刚走了两天，又命令我们回去……呜呜呜呜！"

"可是，我们光哭也不是个事儿，还是去找戴季英说说，争取参加'打远游击'。"

张桂香的丈夫是军政治部主任戴季英,一旦与丈夫分离,再次相见就会遥遥无期,甚至会有永远不相见的可能。缠了小脚,被称为"三寸金莲"的张桂香,心中着急,可又抹不开面子单独去找,她忍不住在一旁提醒、鼓动戴觉敏说:"觉敏,走!跟我一块儿去找戴季英,你跟他是一个村的,他好赖也是你们戴家一门中的长辈,还能不给一点面子?不管咋说,都不能把你这个侄女留下!"

向来敢言敢语,以"刀子嘴"出名的周少兰,当下就气呼呼地说:

"我们跟着部队'打远游击',也是革命的大事,不是个人私事。要找,我们全班一块儿去找,跟戴主任说明情况,他不能不叫我们'打远游击'!"

可是,班长曾纪兰却不肯领这个头。她性格沉静,贤淑本分,又是班长,需要服从上级命令,不能不听从指挥,此时有苦难言,摇头叹息,无奈地把发给她的八块银元装进衣兜里,迟疑地向后转身,准备返回苏区。然而,众姐妹还是不干了,团团地将她阻住,吵吵嚷嚷开了:"我们决不向后转!坚决不回去!"

恰在这时,一阵马蹄声由远而近,副军长徐海东从队伍后面追赶而来。她们都好像遇到救星似的,一拥而上,不约而同地把徐海东围了起来,七嘴八舌地强烈要求:不论死活,就是要跟随部队"打远游击"!

"当红军,走革命的路,就是死在前进的道路上,也决

013 信念之花

不向后转！"

"对，决不当逃兵！"

看到她们泪流满面，眼睛都哭红了，态度又十分坚决，徐海东沉思片刻，最后果断地一挥马鞭："红军战士流血不流泪！你们都给我把眼泪擦干，收拾好行李，跟上队伍走！"

当天晚上，"七仙女"班在穿越平汉铁路时，几乎是一路小跑，累得气喘吁吁，压根儿就不敢停留一步。铁路两侧，都有人在督促呐喊："赶快跟上，跟上！不要掉队！"可是，全班年龄最大的裹了小脚的张桂香，以及年龄最小体质又弱的余国清，都在紧急关头掉了队，被后卫掩护部队收容下来，好不容易才突过铁路。戴觉敏在穿越铁路时，也是跌跌撞撞跟在后面，差点儿被枕木铁轨绊倒在地。

过了铁路以后，又是两天两夜的急行军，部队才进入桐柏山区。这一路上，"七仙女"班都掉队了，零零散散地跟在队伍后面。她们的腿和脚大都肿胀起来，脚掌也磨出了水泡，一瘸一拐地奔走着。张桂香的一双小脚也给扭了，不得不骑着戴季英的马赶路。小护士余国清还叫男同志背过几里路哩！

为了防止掉队，她们曾把绑腿解下来，结成一条长长的带子，互相牵引着摸索前进。每天行军，她们都提前出发，但还是最后才到达宿营地，一天下来，全身就像散了架一样。尽管这样，她们还是坚持给伤病员送药，争着去做护理工作。

谁知部队一进入桐柏山区，敌人就集中二十多个团的兵力，从四面八方包围而来，情势更为险恶。因为部队在桐柏山区难以立足，军领导决定掉头北上，绕过豫西平原，直奔伏牛山区。就在这时，军政治部主任戴季英又决定将"七仙女"班就地留下，叫她们或是返回大别山去，或是就地找个穷苦人家，给人或当女儿或做媳妇，待情况好转后再回来寻找她们。总而言之，既不能让她们拖累部队，也要给她们生存的出路。

然而，戴季英不忍心看妻子红肿的小脚和断线似的眼泪，就让张桂香骑着他的马继续跟随部队行动。这样一来，反倒被女兵们抓住了"把柄"，胆大泼辣的周少兰率先把原来发的八块大洋往地上一摔，跟下达这一命令的戴季英吵开了：

"回去，回到哪里去？我是逃出来参加革命的，难道还要我重新去当童养媳吗？你没有拒绝女同志革命的权力！"

见周少兰带头，其他几个人的胆子也大了，一个个都把大洋往地上一摔，上前和戴季英讲理。她们不管戴季英讲多少理由，就是一句话——谁也不走。

找戴季英说理无果。她们又一窝蜂地寻找军政委吴焕先。一见到军政委，她们就好像有了主心骨似的，围起来又哭又闹，既诉说冤屈又告戴季英的状：

"戴主任就是偏心眼儿！把我们都给撇下了，不要了！"

"我们都是大脚片子，哪个走不过她的'三寸金莲'？"

"我们可怜巴巴的,没本事找上个骑马的领导……"心直口快的曹宗凯猛不防冒出这么一句冷话。

吴焕先听了连忙制止她们说:"你们几个姑娘,说着说着就走火了,嘴上也不安个保险!"

曹宗凯意识到自己说漏了嘴,一下子羞得满脸通红,捂着眼睛不敢看人。

戴觉敏跟吴焕先的关系非同一般。想当初秘密联合闹革命,吴焕先就是她们戴家的常客,那会儿她就把吴焕先叫"七哥"。她哥哥戴克敏不仅是吴焕先的入党介绍人,而且他们两人的妻子都是曹学楷的胞妹和堂妹,亲故关系更深一层。这时,戴觉敏就以这种特殊关系,深情地喊了声"七哥":

"七哥,你跟戴主任说说,莫要把我们留下!我们大老远跑了出来,又要被打发回去,都不认识回去的路。我们保证跟上队伍,决不掉队!"

对于留下"七仙女"这件事情,吴焕先起初是知道的,他当时没有坚决反对,主要是出于爱护七个女战士,希望她们有个好的归宿,而不忍心让她们过早地献出生命。但情况显然和他预料的有点不一样。他沉思了一会儿,然后说:

"部队要向更远的地方转移,戴季英怕你们一路上吃不消,受不了,所以才决定实行精减。你们都不愿留下,那就跟着队伍走吧!这一路上困难重重,你们可不许掉队哟!"

"走,说走就走!咱们生是红军的人,死是红军的鬼,就是上刀山下火海,也决不离开红军!"

曹宗凯一听军政委同意她们"跟着队伍走",忍不住激动起来,眼里含着泪花,可着嗓门使劲吆喝起来,内心感到特别轻松欢快:

"红军走到哪里,我们跟到哪里!"

"对,叫我们离开部队,坚决不走!"

多灾多难的"七仙女"班,这才又跟上红二十五军长征。被战士们亲切地称为"军魂"的吴政委,细心周到,为了照顾她们,还特意为她们班配备了一匹小马,一路上帮着驮着行李,谁要累了病了,还可以轮流坐上一程。这大大减轻了她们的负担,使她们得以跟上部队,继续踏上漫漫征程。

三、她们是圣洁的天使,是伤病员温暖的守护神

踏上铁血征程的"七仙女",既是战士们眼中圣洁的天使,又是伤病员身旁温暖的守护神。她们把汗水、泪水、呵护、关爱、温馨、大爱,甚至宝贵的生命都献给了她们忠贞不二、满心热爱的红军队伍。

转战于中原大地的红二十五军,经由大别山、桐柏山、伏牛山,很快进入陕西商洛山区。

1934年12月10日上午,部队入陕后的第三天,鄂豫皖省委在庚家河开会,商讨开创新的革命根据地,突然枪声

大作,从鸡鸣关方向扑来的国民党军六十师忽然向红军驻地发起了猛烈的攻击。

由于红二十五军的战士们近一个月来长途行军,转战千余里,他们已疲惫不堪。设在庾家河东面的排哨,大部分人都睡着了,直到敌人打到眼前才发现。

于是,全军从炊事员到军政委、军长全都投入战斗,从中午一直打到黄昏。

经过殊死奋战,反复冲杀20多次,终于转败为胜,化险为夷。这次战斗击毙敌人300多人,但红二十五军也付出了沉重的代价,伤亡190余人。营以上干部大部分负了伤,军长程子华、副军长徐海东也都负了重伤。

他们被抬进一家骡马大店进行抢救。

徐海东负伤最重,一颗子弹从徐海东的左眼底下打进去,又从颈后穿过,失血很多,生命垂危。红军医院的钱信忠院长以娴熟的技术紧急抢救,终于止住了血,但由于天气寒冷,血块在徐海东的喉咙里堵塞,引起大声喘息,呼吸十分困难。

眼见情况危急,医护周少兰当即走到徐海东身边,毫不犹豫地俯下身躯,吮吸徐海东军长喉咙里的淤血,不顾脏腥,一口接一口,在她的努力救治下,徐海东的呼吸渐渐顺畅。

危机短暂解除后,钱信忠院长轻轻拍了拍一头汗水的周少兰,赞许地说:"少兰,好样儿的!"

军政委吴焕先急忙把一碗热水递到周少兰手上,也夸赞

道："少兰，你立了大功啊！"

钱信忠接着仔细观察了一会儿，向吴焕先汇报说："政委，徐副军长还没有清醒过来，生命随时都会有危险，需要精心护理！"

吴焕先当即指着周少兰，信任地说："就交给她了！"

庾家河战斗后，许多指战员身负重伤，七名女战士日夜守护在伤员们身边，精心照料。她们细心观察伤病员的病情，耐心帮助伤员解除伤痛，热心料理伤病员的膳食营养。重伤员吞咽困难，她们就亲自煮面条，一口一口地喂。看到一些伤病员因没有药品医治而失去生命，她们内心极为痛苦。强烈的责任心和战友情，促使她们不顾自己虚弱的身体，同医院的战友们一起收集缴获的药品，想办法到敌后购买药品，趁空隙到山里找偏方，采草药。

两个多月的时间里，她们用盐水和自制的高锰酸钾天天为伤员清洗伤口；行军时，就把采来的草药熬成水，给伤员处理消毒。这些办法，补充了药品的不足，挽救了不少战友的生命。她们被战士们亲切地称呼为生命中的守护神。

在征程中，七名女护士的任务相当繁重，她们既要抢救和看护伤病员，又要当宣传员。

她们还在医院院长钱信忠的带领下，深入群众家里，热心为病人治病。她们在庆祝解放大会上演出节目，向群众宣传党的政策和主张，宣传红军是穷人的队伍，动员群众起来打土豪分田地，建立苏维埃政权，号召青年踊跃参加红军等。

军政治部经常根据这些内容编排节目，有时她们还自己编些新词配上老调，连夜进行排练，然后登台演出。她们唱歌、跳舞、演新戏，每次演出，总是人山人海，战士们和老百姓都特别喜欢看。

在红军没有到达之前，地主和坏分子时常散布谣言，说共产党"共产共妻"，要杀所有的人，掠夺一切财产，造成了群众对红军和共产党的误解。她们用实际行动和宣传，化解了群众的困惑，使群众深受感动，不但打破了国民党反动派和地方豪绅的造谣欺骗，而且赢得了人民的拥护和信任。她们在群众眼中是美丽的仙女，是圣洁的天使。

在长征中，"七仙女"发挥了积极作用，立下了汗马功劳。

尽管道路坎坷，征途漫漫，两名同志牺牲在路途中，但还有五名女战士终于在1935年9月15日，随着部队来到了陕北延川县永坪镇，同刘志丹率领的红二十六、二十七军会师，胜利地完成了长征。

四、红绫子，战友情

红二十五军进入陕南以后，经过半年多的艰苦斗争，终于建成了新的鄂豫陕革命根据地，使部队得以立足和休养生息。

在极为艰难困苦的战斗岁月里，"七仙女"的简单个人要求也很容易得到满足，她们几乎没有什么奢望。军经理部老经理吴维儒在世时，将打土豪没收到的一些红红绿绿的绸缎衣物，好心分发给"七仙女"班，让她们穿用或日后留作嫁衣。可是，她们谁也不领这个"情"，十分不客气地说："这些花里胡哨的东西，都是财主娘们穿的用的，我们又不是财主娘们，要它们何用？"她们硬把几件绸缎衣物或送给了贫苦农家大嫂，或换得几件粗布衣服留作己用。

全班最为迫切的必需品，除了鞋子还是鞋子，可是她们每人除了几块包脚布以外，却没有一双可脚而又舒适的鞋子。她们本来都会点针线活儿，完全可以自己动手做双鞋子，但是谁也顾不上去做。

军经理部曾给她们配发过几次鞋子，但都是又肥又大的，既不可脚又不舒适。无奈之下，她们就只好在鞋帮上钻两个小洞，用带子拴在脚上行军。鞋大脚小，走起来也很不得劲，脚腕上都勒出一道道伤痕。没有鞋子穿时，她们只好用脚布包着双脚，套上一双草鞋，或随军行动，或进行战场救护。

她们忙于照顾伤病员，没有时间和精力为自己做鞋子。可是，当看到一个负伤的战士大冬天还赤着一双血淋淋的大脚没有鞋穿时，她们心疼死了，赶忙熬夜加班加点地为这位战士赶制了一双特大号军鞋。这个战士的外号就叫"铁脚大王"。

"铁脚大王"是主力团的一位轻机枪射手，他人高马大，体格健壮，打仗就像猛虎下山那样，常常冲锋在前，不怕牺牲，敢打敢拼；他的枪也打得准，一扫一大片，射出的子弹就像长了眼睛一样，直往敌人身上钻，让敌人鬼哭狼嚎，闻风丧胆。1935年2月初，"铁脚大王"在陕西省蓝田县文公岭战斗中头部负伤，被战友们送到军医院进行治疗。"七仙女"在护理这个伤号时，看见了那双大得惊人而又血肉模糊的脚板，一下子就被惊呆了……

班长曾纪兰含着泪水，赶忙烧了两锅热水，接连给他洗了三遍，才看出这双大脚的真实情状……这是一双什么样的大脚哟！从脚脖子往下全部变成了黑褐色，洗也洗不掉，利石尖刺在脚板上割开了一道道口子，纵横交错，血肉模糊，而又长又宽的脚掌上，是一块块又厚又硬的老茧，就连脚趾缝里也显露着一片片血红的皮肉……

023　信念之花

眼泪在"七仙女"的眼里打转,她们看到了一个多么淳朴、多么可敬可爱的战士啊!这就是我们的平凡的英雄——"铁脚大王"!他作战勇敢,意志坚强,却独自隐忍这么多苦痛!顿时,曾纪兰和众姐妹的心都隐隐作痛。啊,简直疼坏了!

原来,"铁脚大王"自出发长征以来,就没有穿过一双鞋袜,都是光脚行军打仗,因为他的脚大得出奇,根本就没有他能够穿的鞋子。

这位战士,即刻引起曾纪兰的同情和爱护,她放眼望去,只见此时的陕甘高原,仍是隆冬时节,冷风刺骨,寒气逼人,没有鞋穿如何能行?还要行军打仗哪!这是多么好的战士啊!在冰天雪地中赤脚打仗,始终无怨无悔!她一阵心疼,立马动手给"铁脚大王"量了鞋样,又迅速去老乡家买了两张褙子,亲自剪了鞋底鞋帮,决定为其做一双特大号的鞋。在班长曾纪兰的带动下,副班长田希兰,护士张桂香、曹宗凯也积极忙活起来,四人分工协作,整整忙了一夜,把眼睛熬得通红,到天亮时才算完工。

第二天,曾纪兰又在葛牌镇找到一个鞋匠,让他帮忙把这双特大号鞋进行了加固处理。当鞋匠看到这双大鞋时,一个劲地说:"我当了一辈子鞋匠,没见过这样的神兵天将!瞧这双鞋,就像两个小船……"

战友情真!"铁脚大王"受到"七仙女"班如此厚待,激动得说不出话,无以为报,只管抹着眼泪。他把鞋子穿在脚上踩了两天,兴高采烈,脸上笑开了花。可他归队时却又小心翼翼地把鞋子脱掉，捧在手里看了半天，最后包起来背在身上，仍赤着脚走路，再也不舍得穿了。有人不解地问他，他只是说："到了打冲锋时再说。"

一个月后，在华阳镇附近伏击尾追之敌陕军警二旅的战斗中，"铁脚大王"这才郑重地穿上鞋子。他憋足了劲，双手端着机关枪向敌群猛冲猛打。这一仗，他独当一面，打得敌人落花流水，溃不成军。他因一下子击毙击伤了几十个敌人，立下赫赫战功而受到军首长的热烈表彰。军首长还特意在他胸前佩戴了一条光滑鲜艳的红绫子以示嘉奖。他把这条象征着光荣的"奖品"看得极重，终究舍不得自己享有，急切而又郑重地将它送给了曾纪兰和她的"七仙女"班留作纪念。

1935年7月，曾纪兰在红二十五军继续长征北上时，不幸牺牲在陕西省宁陕县柴家关村。她离开时是那么年轻，眼睛充满希冀，还有着五光十色的梦，她是那么美丽，那么善良，就这样静静地走了，来不及告别她的"七仙女"姐妹和亲爱的战友。那条她非常喜爱的红绫子，就和她葬在一起，轻轻地相拥着她，带着"铁脚大王"和战友们的深情，陪伴着她到永远永远……

五、战地未了情

如果把红二十五军比作一棵大树，随军参加长征的七名女护士，就是苦恋着这棵大树的七片绿叶。其中，却有一片极不寻常的绿叶，翩翩飘落在了甘肃秦安至静宁之间的葫芦河谷，悄无声息地离开了红二十五军这棵大树……那一片绿得出奇也绿得可爱的落叶啊，就是"七仙女"之一的曹宗凯。

自军长程子华、副军长徐海东在庚家河之战负伤以后，"七仙女"班的护理工作更加繁重。七姐妹每天都轮流值班，形影不离地跟随着两副担架，晚上宿营时大都跟军部驻在一起，吃在一起。就在这朝夕相处的日子里，曹宗凯很快结识了同是霍邱县叶家集的老乡——军政治部共青团团委书记黎光。

黎光，原名尹昌尧，年方17岁的红小鬼，长着一副圆乎乎白胖胖的脸膛，白里透着红润。有次登台演戏，因为脸上涂粉过厚，刚一出台亮相，台下就有人起哄："嘀！像个汤圆子！"从此，他就有了这个可爱的绰号。"汤圆子"的老家跟曹宗凯的老家相距很近，两人从小共饮一乡水，长大又同时参加红军，乡里乡亲的两个年轻人，初次相识时，就拉上了老乡关系。说来也巧，曹宗凯这时恰好又当选为军医院的共青团支部书记，常到军政治部参加团的会议，从事团的活动，与团委黎光书记接触的次数更多了，相互间都十分了解。渐渐地，两个年轻人的内心深处，都萌发出一种神秘而又美好的感情，那是一种说不清道不明、不见想念见了喜欢、青年男女懵懵懂懂的"爱"。

曹宗凯比"汤圆子"年长一岁，似乎就成熟得早了一点——别看她心直口快，性格活泼，但"小心眼儿"可多了，与年龄相仿的老乡"汤圆子"相识相知,使她的心灵中已经悄悄埋下了爱情的种子。有一次,两人在行军路上相遇,曹宗凯见"汤圆子"穿着一双"空前绝后"的麻草鞋,前头露着脚趾头,后头露着圆圆的脚后跟,光脚丫子冻得又青又红,便不由关心起来,抿着嘴一笑:"团委书记,数九寒天的,你还前头卖生姜,后头卖鸭蛋,当心把你的生姜冻坏了,鸭蛋冻裂了!咱们跑出来'打远游击',靠的就是两只脚,可你……"关切之情溢于言表。

"汤圆子"不好意思了,低头看看自己的两只光脚,忙又自我开脱地说:"吴政委动员过了,我们部队要在陕南扎根,创建新的革命根据地……"

"创建新的根据地,部队也要走路,也要行军打仗。你呀,还是当心点儿,弄双鞋穿,别把'生姜''鸭蛋'冻着!"

部队在葛牌镇过春节时,"七仙女"班欢欢喜喜地参加演出宣传活动。腊月二十九日,纷纷扬扬的大雪铺满了冰封的大地,雪厚得可以埋住人们的脚脖子。曹宗凯和姐妹们打扮得漂漂亮亮,登上舞台,就着漫天的大雪为战士和当地群众演唱起了《八月桂花遍地开》——

　　八月桂花遍地开
　　鲜红的旗帜竖啊竖起来
　　张灯又结彩呀
　　张灯又结彩呀
　　光辉灿烂闪出新世界

红军队伍真威风
百战百胜最英勇
……
红军队伍要扩充
亲爱的工友们哪
亲爱的农友们哪
拿起刀枪都来当红军
拿起刀枪都来当红军

歌声悠扬、嘹亮，天籁一般在天际回荡，引来了战士和群众的一阵阵掌声。

演出结束后，曹宗凯一眼就发现了参加演出的"汤圆子"急急忙忙卸了妆要走，便匆匆喊了声"团委书记"，把"汤圆子"硬生生留了下来，并带到戏台的角落，指着他依然穿着草鞋冻得通红的光脚片子，不无责怪地笑着对他说："眼看就是大年初一，出门见喜！可你还在卖'生姜''鸭蛋'呢！"

"汤圆子"红了脸蛋，嗯嗯啊啊地说不出话。

曹宗凯叹了口气，随手解开挎包，抽出一双亲手缝的棉布袜子，喃喃地说：

"这双布袜子，是给……哎哎，你就捎给……捎给……"

曹宗凯也害羞了，她实在不好意思说"汤圆子"这三个字。她只是红着脸直愣愣地看着黎光，希望他能够理解。少女的心呀，此时扑通扑通地跳个不停。

可我们老实巴交、傻得可爱的"汤圆子"呀，却一点也不开窍，他一点也反应不过来是怎么回事，更不明白曹宗凯的情意，就那么傻乎乎地把一双棉布袜子拿在手中，贴在胸前，一个劲地追问：

"捎给谁呀？快说快说！我，还有急事……"

"捎给……捎给……"曹宗凯支吾了半晌，仍不敢说出心中人的名字。最后实在急了，她才恼羞成怒地说：

"哎呀，你可真笨！……你就捎给那个……前头卖'生姜'、后头卖'鸭蛋'的……"说罢，羞得低下了头。

"汤圆子"这才开窍，他嘴上呵呵地傻笑个不停，心里头甜得像喝了蜜似的。

爱情的种子，已经在两人的心里发芽，但还是那样稚嫩，经不起一场风吹雨打。当时中国革命正处于低潮，反动派疯狂屠杀革命者，血雨腥风，四处"围剿"。红军每天忙于打仗和创建革命根据地，斗争激烈残酷，他们是革命军人，每天都要面对死亡，随时有牺牲的可能，也要遵守严格的纪律。所以，两人把情义深深地藏在心底，互相激励、关心、爱护、帮助，要好着，相爱着，但是谁也不曾想到过结婚的事，那似乎是一个遥远的梦……

转眼间坚冰消融，生机盎然，草长莺飞，万紫千红。春天到了，大地披上了绿装，鄂豫陕革命根据地也得到了很大的发展。战士们脱下了笨重的冬装，人也精神了很多，一个个敞开着心扉，脸上也笑开了花。春天是恋爱的季节，透着美好和新奇。副军长徐海东和女护士周少兰热恋的故事，终于在部队里流传开来，人们喜气洋洋地交口传送着，表达着美好的祝愿，期许他们走上婚姻的殿堂，一个个兴高采烈的，充满着希望……

在这美好的季节里，曹宗凯与"汤圆子"的爱情，就像是春天的秧苗，经过春风的吹拂、春雨的滋润，自然而然地得到了成长。痴情的姑娘哟，情不自禁地向意中人发起爱的进攻了。军医院分的柿饼、核桃、枣儿，她私下留出几个，悄悄送给"汤圆子"吃。平时，不管有事无事，她总是能够找点理由，想法跟"汤圆子"见上一面，拉上几句悄悄话。这种事情，渐渐也习以为常了。

1935年5月初，红二十五军进驻龙驹寨（今丹凤县城）整训时，"汤圆子"忽然病倒在屋里，胃肠不大舒服，也很少进食。自然而然，登门看病送药者，每次都少不了曹宗凯。这天，她又急急忙忙直奔军政治部而来，恰好与军政委吴焕先迎面相遇。

吴焕先不由问道："曹更改（宗凯），什么事儿？看你火急火燎的样子……"

"看看病号，给送点药……"

"送药？哪个病了？"

"团委书记——'汤圆子'。"

吴焕先若有所悟地"嗯"了一声，不禁又问：

"我看看，你送的什么好药？"

谁知，曹宗凯在衣兜里摸了半晌，怎么也掏不出一粒药片。当着军政委的面，她又不好撒谎，于是就将自己采摘的

一把又青又绿的酸杏子,老老实实地亮了出来。她心慌意乱,面红耳赤:

"'汤圆子'……他不想吃饭,我给他换换口味……"

"好好,快送去吧!"吴焕先意味深长地笑了笑,转身走出大门。

吴焕先是知道"汤圆子"和曹宗凯的关系的,也力图能够成全这对年轻人。前些天,"老大哥"徐海东还想为他做媒,要介绍的对象也正是"七仙女"中的曹宗凯,这件事当即就被吴焕先以"君子不夺他人之美"的理由拒绝了!这是两个多好的战士啊,都还那么年轻,身世都那么悲惨,很早就走上了革命道路,理应在革命大家庭中得到关怀和照顾,理应走到一起,幸福绵长。

其实,吴焕先心中更放不下的是贤惠善良的妻子曹干仙,她两年前就饿死在大别山中了……她是那么通情达理,心向红军,已经怀有身孕,还舍不得吃点粮食,上山挖草根和野菜,却把到白区四处乞讨要来的麸皮、饭团、馍渣等半口袋"百家粮",送给了饥肠辘辘的红军,而自己却活活饿死在讨饭的路途中,临终,嘴上还紧紧噙着一棵枯萎的蒲公英……每念及此,吴焕先就百感交集,涕泪纵横,心中只有对干仙的爱和无尽的思念……

1935年7月31日,红二十五军一举攻占陕甘边界的双石铺(今凤县县城)。就在双石铺,"汤圆子"因失火事件受到牵连,可闯下大祸了。起因是这样的:一天夜里,军政治部指派"汤圆子"带领交通队一个班,到附近村子去打一家大土豪，有个战士点着油火把照明，不小心引起一场火灾，烧了土豪的两间楼房。这事，因为有损红军的声誉，而被闹得沸沸扬扬。红二十五军长征中高唱《三大纪律八项注意》，沿途秋毫无犯，而国民党反动派却污蔑宣扬红军到处"杀人放火"，此事正好授人以柄，可能会造成不良影响。"汤圆子"负有领导责任，是要受到严肃处分的。他担心自己不能再追随红军队伍，急得眼睛都哭红了。而另一边，曹宗凯也是张皇失措，惴惴不安，一颗少女的心呀慌张到了极点，生怕"汤圆子"遭到不测，深深为老乡和意中人的命运感到担忧……

吴焕先政委闻听这件事后，也感到事态重大，他接连叹了几口气，生怕处理不好，毁了两个年轻人的前程。此事不可怠慢，他及时出面过问此事，既要给予严肃批评教育，又要让人能够改过自新，使"汤圆子"不但免遭"杀身之祸"，还免去了做苦工的处罚。一场危机就这样静悄悄地化解了。

事情过后，"汤圆子"又接到了曹宗凯递来的一张纸条，上面用铅笔歪歪扭扭地写道："团委书记，你要当心点儿！我们的中央红军，眼看就要过来了……吴政委今天讲过，希望就在前头，我们要英勇战斗！这一路上，你要多多小心为好……"话虽不多，却情真意切，关爱多多。言下之意，是让"汤圆子"严格要求自己，遵守红军纪律，努力革命，英勇奋斗。"汤圆子"也完全懂得曹宗凯的一片爱心，为了将功赎过，他主动请求跟随手枪团打前站，到最危险的地方去锻炼成长。上级很快就答应了他的请求,求战心切的"汤圆子"终于实现了自己的心愿,他来不及向曹宗凯道别,就跟随手枪团冲到了队伍的最前线。然而令他没有想到的是,这一去,便是和曹宗凯的永别!

部队向北过渭河以后,曹宗凯牵着一匹驮着全班姐妹行李的小马,与一个挑着药箱担子的红军战士结伴而行。这时,她的状况已经不太好了。一路上,她牵挂着自己的意中人,柔肠百结,又在为军医院一个老中医的追求而有所困扰。她一改往日的欢快,步履凝重。

当晚,红军驻扎在刚刚被攻克的秦安县城。第二天一早出发时,曹宗凯却面色铁青,躺在了一棵老榆树下。当时因没有诊断出什么病,军医院就给她服了两粒镇静止痛片,急急忙忙抬上担架就走。由于军情紧急,敌军紧追不舍,一路上顾不得仔细察看,只能给她喂些绿豆汤,当晚上宿营时,她还带着一丝儿微弱的喘息,终因当时医疗条件极其有限,我们可爱的曹宗凯护士没有被抢救过来,撒手在了担架之上。军医院的同志们含悲忍痛,含泪把她掩埋在葫芦河西侧一处靠近华家岭的断崖下面。两丈洁白的白布,裹上了她那洁白无瑕的身躯,守护着她那一缕纯洁美好的灵魂,她就这样长眠在了长征路上,长眠在了长征即将胜利的前夕……

"这姑娘跟着红军队伍,大山大河都过来了,眼看就要迎接到中央红军,希望就在前头。可她偏又离开了……"军政委吴焕先难过地对徐海东说。

徐海东一阵苦涩,摇头叹息。

绿水在静静地哀泣,山风在悄悄地呜咽。军领导吴焕先、徐海东的泪在流,护士班姐妹和战士们的泪在流,闻听噩耗的"汤圆子"已是泣不成声……他们在为失去这样一位纯情可爱的好同志、好战友而痛惜。

20世纪80年代,"汤圆子",那个身经百战、功勋赫赫的将军黎光,曾强压着悲痛,在一篇纪念文章中写道:"我所熟悉的曹宗凯同志——军医院的共青团支部书记,我们都是霍邱老乡,她是叶家集人,比我年长一岁,从小就共饮一乡水,长大又同时当红军。长征途中,我们也常在一起参加团的会议,进行宣传演出活动,并兼做过群众工作,相互也比较了解,还曾默默地建立过一段美好感情。可惜在即将到达目的地的时候,她却离开了我们。这里,我也借笔墨对她寄以深切的哀思!"

"此情可待成追忆,只是当时已惘然……"多年以后,耄耋之年的黎光将军每每追忆起曹宗凯时,仍是悲伤无限,感慨连连,心中藏有无尽的思念……

六、将军与"仙女"

在将近一年的长征中,"七仙女"发挥了积极作用,立下了汗马功劳。曾纪兰、曹宗凯长眠在了漫漫征途中,其余五名女战士继续前行。斗争是残酷的,征途是漫长的也是艰难的,有胜利也有挫折,有痛苦也有欢乐。她们曾背着一捆捆麦草作为坐垫,坐滑梯似的溜下遍地泥泞的王母宫塬;也曾抓着一匹匹骡马的尾巴,游过山洪猛涨的汭河;还曾在汭河岸边的郑家沟,流着眼泪,含着悲痛,忍受着痛苦,为军政委吴焕先擦拭遗体……在此后的征途上,因为沿途人烟稀少,无粮可筹,她们同样也处在严重的饥饿威胁之中。但是,她们还是忍着饥饿,以草根、野菜充饥,拖着疲惫不堪的脚步,一步一步地走向陕北,终于在1935年9月15日,随着大部队来到了永坪镇,胜利完成了长征。

长征中,徐海东和周少兰结成了革命伴侣。他们的爱,造就了将军和"仙女"的一段人间传奇、爱情佳话。

在庾家河战斗中,徐海东第九次负伤,当场昏迷。周少兰就是在徐海东治疗、养伤过程中,长久近距离地接触了她心中崇尚的英雄。她竭尽全力倾心守护在徐海东身边,默默守护着他的生命,把少女无微不至的关怀,把温馨甜美的爱献给了她倾慕的虎将。秦岭深山的冬天,天气寒冷,夜里周少兰用自己的身体为昏迷不醒的徐海东暖被窝,用温暖的胸脯为徐海东温热冰凉的双脚,用少女的细致温柔呵护着受伤的战友。

周少兰18岁,个头不高,身材苗条,玲珑小巧。瓜子脸尖下巴,一双水灵的大眼睛仿佛会说话,这个家在皖西六安的茶乡姑娘,活泼开朗,爱说爱唱。她唱起家乡小调《采茶歌》来,嗓音特别甜美清亮。她手脚麻利,勇敢泼辣,似乎只有她这个"刀子嘴",才能够护理得了一向以"徐老虎"

著称的徐海东。两人日久生情，并最终结成了革命伴侣。当徐海东从死亡线上被救回来时，深深被身边这个活泼可爱的女护士的悉心照顾所感动，他心中的坚冰融化了。少女的温柔体贴和青春朝气拨动了他爱的琴弦，他火一样的激情被点燃了。他们爱得是那样深沉，那样热烈！

1935年9月到达陕北后，徐海东与周少兰结了婚。在徐海东的要求下，周少兰改名为周东屏，"东屏"，"东"是徐海东，"屏"就是"屏蔽、保护、保障、屏障"的意思，顾名思义，"周"就是"徐海东的保护神"。一个驰骋沙场、叱咤风云的将军，却要求一个娇美柔弱的妻子做自己的守护屏障，多么意味深长，多么情真意长啊！他们的婚礼极其别致，在一个地主家的宅院内，一间老旧的房子里，一张大红"囍"字，两床抱在一起的旧被子，就是新郎新娘的洞房和新婚的全部家当。六七个见证婚礼的人，围坐在一个火炉旁的餐桌上，几盘野味土菜，一壶苞米烧酒，就这么简单！随着酒杯的碰撞，拉开了将军与"仙女"的爱情人生。

这五"仙女"姐妹中，除张桂香已与戴季英结婚外，周少兰、田希兰（后在陕北病故）、余国清（后改名为余光）、戴觉敏分别与徐海东、钱信忠、李资平、饶正锡结了婚。中华人民共和国成立后，徐海东、饶正锡、李资平分别被授予大将、中将和少将军衔，周少兰、戴觉敏、余国清则分别成为了大将夫人、中将夫人和少将夫人，他们的爱情故事，成了长征路上将军与"仙女"相知相恋的美好革命佳话。

军长的妻子

孙俊杰

她是红二十五军军长吴焕先的妻子,她明眸如水,温润贤淑,美丽善良。

她的芳名叫曹干仙,是鄂豫皖革命根据地创始人之一曹学楷的堂妹。

她又当儿子又当媳妇,一边全力支持丈夫革命,一边在家细心照顾年迈的婆婆。

她情系红军,心向革命,把讨饭要来的半袋"百家粮"毫不吝惜送给了困境中的红军,而怀有身孕的她,却没吃没喝,活活饿死在乞讨的路上。

她的故事,缠缠绵绵,催人泪下,哀婉感人,久久流传。

一、情定

1926年夏天,青年学生、共产党员曹学楷从武汉回到家乡大别山宣传马克思主义,在黄安刘家园子办起一所"平民学校",白天以给娃娃们教书为掩护,夜晚则把贫苦农民召集起来,宣讲革命道理,发展党员,动员民众奋起革命。共产党员吴焕先那会儿常到刘家园去,晚上听曹学楷、戴克敏、郑位三等人讲课,天晚了也就吃住在曹家,和其他党员、革命骨干交流谈心,商讨建立党组织、发动群众、改造社会事宜。那会儿,大都是曹学楷的堂妹曹干仙帮忙照应,端茶倒水,前前后后地忙活。那时候,曹干仙已偷偷喜欢上了吴焕先这个志同道合、书生意气的"七相公"了。而吴焕先也在不知不觉中被这个秀美的姑娘所吸引。爱情,已经悄悄地在两人心中播下了种子……

在刘家园子曹学楷家，曹学楷、戴克敏、郑位三、吴焕先等大别山区的早期革命骨干围着一个小方桌，正热烈讨论着：

"听说北伐军已经打到湖南了！"

"就是就是，北伐军已占领长沙了！"

"先锋军叶挺独立团可真厉害，一路连战皆捷，旗开得胜！"

"我们也该早做准备了，起义，暴动，响应北伐！"

高高的个头，圆圆的脸盘，长长乌黑的发辫，一双杏眼儿又大又亮的曹干仙提着水壶进来为众人倒茶，她瞄了瞄众人，摆好茶杯，便径直走到浓眉朗目、文静秀气的吴焕先面

前，把第一杯茶端给了吴焕先。

一旁的郑位三逗起趣来："六姑，咋不先给我倒茶？"

曹干仙愣了一下，随即抿嘴一笑说："人家路远，倒茶也得有个先后不是。"说着，脸便红了起来。

茶桌旁的人们都看出点门道，不由得挤眉弄眼，会心一笑。

郑位三继续说笑道："先后先后，你俩的大名都占着个'先（仙）'，看来没得别人的份哟！"

刹那间哄堂大笑，曹干仙和吴焕先俩人面红耳赤，心里虽甜甜的，脸上却臊得挂不住了。

曹干仙红着脸给众人倒完茶，情切切地和吴焕先对望一眼，羞答答地走出门去。

门外，枝头上一对鸟儿正在婉转鸣叫，曹干仙却扑闪着双眼望着欢叫的小鸟出神。

……

几度山花开，几度芳草碧。

革命斗争如火如荼。

转眼已是1929年冬，鄂豫边革命根据地形势一派大好。继鄂豫边特委成立后，鄂豫边革命委员会也正式成立，曹学楷当选为主席，下设军事、土地、经济、文化等七个委员会，吴焕先当选为土地委员会主席。土地改革深入开展。就在这喜气洋洋的时节，1930年的春节来到了。

过年时节，家家户户贴着崭新的春联，鞭炮齐鸣。

在箭厂河区竹林巷，吴焕先家有一处杂货铺。

曹学楷走来，见吴妈妈坐在门里纳鞋底儿，便走进去给吴妈妈拜年：

"大娘，新年好！学楷给您老拜年了！"

他一边说着，一边合手作揖。

"拜啥年！来了就好！"吴妈妈赶忙站起来，一边请曹学楷坐下，一边给曹学楷倒茶。

曹学楷环视一下屋子，问道："大娘，焕先的亲事，还没定下吧？"

"焕先嘛，小时候给他定了一门'摇窝亲'，那是乘马岗财主家王老四的闺女，人也怪水灵的。可他死活不乐意那门亲事，害得我没法子，给人家退了亲了，没得这回事了。唉，当娘的替他操心呢！"一句话牵动了吴妈妈的心事，话一下子多了起来。

"大娘，焕先的事么，你也别发愁。我好替他张罗张罗！"曹学楷安慰吴妈妈说。

"学楷，你又在这耍嘴卖乖，张罗什么事吗？"吴焕先正好走进门来，好奇地问。

曹学楷站起身，当胸给了吴焕先一拳，没好气地说："哼！你这个布尔什维克，也不把个人婚姻大事放在心上，哈哈，是时候了，就该娶上个头搭手帕的屋里人。"

吴焕先恍然大悟地笑了。随后用手把脸一抹，装作害羞地问道："你当上苏维埃的大头头，说话算数，可不能让我失望！快说，快说，你给我张罗的是哪家姑娘？"

吴妈妈在旁边咯咯直笑，戏谑地说："托人提亲说媒，也不端上两盘点心,没见过你这个样子的!"

曹学楷被弄得面红耳赤,很不好意思,支吾着:"这个……这个……姑娘嘛,不说你也猜得着,反正你们早就认识。"

"猜得着也不成,你非说个明白不可!"

"已经够明白的了!"

"尊姓大名?"

曹学楷被逼无奈,只得从包中掏出一支铅笔,撕下一页白纸,随手写下几个字:"我的妹子六姑。"

不等对方写完,吴焕先一把夺到手中,高兴得哈哈大笑:"要得。空口无凭,这就是证据!哈哈哈……"

说完,吴焕先往椅子上一倒,差点儿摔了一跤。

曹学楷趁机溜出门外,撒腿就跑。

吴妈妈追出门外:"学楷,别走啊,我得好菜好饭招待你这个大媒人。"

"不用了,大娘!"曹学楷头也不回地跑远了。

吴妈妈转回屋内,莫名其妙地问:"是谁家的闺女?"

"六姑,六姑,二十一二岁了,大名叫曹干仙,我们早见过面了,就是学楷的堂妹,人们都叫她六姑!"吴焕先坐在椅子里,耐心地给母亲解释着。

母亲心里也乐开了花,嘻嘻笑道:"这回可算不得封建包办,你们早相中了。这下该满意了吧!"

吴焕先沉默了,面前不由得浮现出了曹干仙的身影。他知道,曹学楷匆匆赶来提亲,肯定是六姑的意思。其实,他又何尝不想念这个早已走进心中的姑娘呢！

刘家园子，曹学楷家。

曹学楷一踏进门，曹干仙就热情地迎了上来，一个劲地叫：

"哥哥，哥哥……"

曹学楷憨着笑："别叫了，你交代的任务完成了！大过年的，要不，你也过去看看？"

曹干仙激动得半天说不出话来。

正月十五，元宵节。

四角曹门，吴焕先家烧毁的瓦房。

翻山越岭而来的曹干仙对随行的姑娘说："这房子烧得可真干净！走，去竹林巷看看，他家还有一个杂货铺。"

"心急了吧，没得新房，嫁不成了。"那个姑娘在一旁取笑。

竹林巷。曹干仙和同伴走进屋来，一双大眼睛乌溜溜乱转，见到吴妈妈，连说：

"大娘，我们要去箭厂河看花灯，路过这儿，路远，讨口水喝！"

"好好，快坐，快坐！"

吴妈妈说着话，便给两人沏上热茶，端上油果。她忍不住问了一句：

"姑娘，你们是哪个乡哪个寨的？"

"刘家园子的。"曹干仙同伴快人快语。

"啊！"

吴妈妈一听，突然多了个心眼儿，拐弯抹角地问道："你们刘家园子，有个叫曹学楷的能人，前些日子就在这屋里，和我家焕先又说又笑的，可快把人笑死了。"

粗黑辫子、身穿红绸花袄的曹干仙一听，立马羞红了脸……她旁边的姑娘却乐开了。

"你叫什么名字？"吴妈妈已经猜出来大概。

曹干仙把头勾得更低了，她感到脸很烫，像火烧似的。

"她叫曹干仙，和你家七相公连着名儿。"同伴得意地眨着眼睛。

"哎哟，曹学楷的老妹子哟！"吴妈妈高兴得眉开眼笑，手舞足蹈，上前一把抓住了曹干仙的手，"可算把你盼来了！"

这次相亲，吴妈妈当即就答应了亲事。她说要为他们翻修房子，张罗婚事！曹干仙的心被融化了……

二、连理

1930年这一年，曹干仙经历了很多事情：她看到革命形势大发展，看到鄂豫皖革命根据地连成了一片，看到了鄂豫皖苏区特委会的成立，看到了她的七相公成为鄂豫皖苏区特委委员还兼任黄安县委书记，看到了他们的婚房在四角曹门原住址废墟上落成，那是一座崭新的三间灰瓦房啊！

盼着盼着，1931年的春天来到了，4月15日——农历二月二十八，这是曹干仙与吴焕先新婚大喜的日子。

刘家园子。早晨，在朝霞灿烂中，曹干仙迎着瑰丽的晨曦，挽着个小包袱儿，走上了霞光浸染的山岗。根据哥哥和七相公的约定，破除旧习，节约从简，她心甘情愿不要花轿也不要人送，就这样一个人静悄悄地走向山道的远方。鸟儿在歌唱，山花在绽放，暖风在荡漾，金灿灿的油菜花随风舞蹈，整个世界在任她徜徉……她的长辫子变成了时髦的齐耳短发，一缕刘海在额前飘扬，她一身朴素合体的新衣裳，映衬着端庄圣洁的脸庞，更增添了她的美好和安详……

一道道山岭，一道道脚印。

柳暗花明，山重水复。

她来到了倒水河边。清凌凌的河水倒映着蓝莹莹的天，如梦似幻。她看着，沉醉着，慢慢蹲下身子，用河水照了照清丽的容颜，眨了眨眼，便大胆地踩着河中的石头，向着对岸的四角曹门走去。

村子那边闹哄哄的，欢乐喜庆。成群的孩子簇拥着吴焕先远远地迎来了。

吴焕先今天装扮一新，精神奕奕，神采飞扬。他爱恋地看着自己的新娘，轻轻地唤了声："六姑，你来了！"

"俺来了！"干仙羞怯地低下了头。

焕先上前接过包袱，两人手挽着手，在孩子们的簇拥下嬉笑着走向村庄。

鞭炮噼里啪啦地响起来。屋里正堂上贴着马克思像,门外墙上新贴了一副对联:上联是"推翻封建陈规,振作精神来革命",下联是"按照苏俄新法,解除痛苦为穷人",横批是"新婚之喜"。屋内,传出了司仪喜气洋洋的吆喝:"一拜马克思,二拜高堂,夫妻对拜……"

夜深人静,山湾里,隐隐传出倒水河潺潺的流水声。新房里,两根灼灼闪亮的红烛,散发着温暖的光芒,映照着坐在床边互相依偎的一对新人。

"从今往后,你就是这个家的人了,又当儿子,又做媳妇,耕田种地,料理家务。还有我的老母,都靠你一人照顾。家里的担子不轻呀!"

"哥哥说过,布尔什维克都有两个家,为了大家,难得顾上小家,顾了小家,就会忘了大家。你一心顾好大家,我为你看好小家……"

"六姑,我太……太谢谢你了!"

"不用你谢,我心甘情愿到你家来,一当儿子,二做媳妇……"

"唉,我整天同敌人拼命,把脑袋提在手心里,说不定哪会儿……我就怕半路上丢下你,让你遭罪!"

"七相公,你别再说了,红蜡烛照得亮亮的……你放心,我生是你的人,死是你的鬼,一辈子都与你不分离!"

三、情浓

在革命根据地大发展的同时,"左"倾冒险主义路线也在党内肆虐开来。1931年5月,中共中央鄂豫皖分局和新的军事委员会在新集成立后,张国焘当上了分局书记兼军委主席,随即开始了惨绝人寰的大肃反,成百上千的革命同志倒在了张国焘的屠刀之下,许继慎、周维炯等一大批红军将领和徐朋人、戴克敏、戴季伦、曹学楷等一大批根据地的开创人被错误杀害!鄂豫皖革命根据地的历史上留下了严酷惨痛的一页!

曹干仙的眼睛哭红了,哭肿了,她无论如何也不明白,不理解,她的哥哥曹学楷心心念念跟着共产党,一心一意领导群众闹革命,怎么就成了"反革命"!她大哭了几场,饭也吃不下,觉也睡不安,人也憔悴下来,她在等着半年多没有回来的吴焕先,她想向他问个明白。

四角曹门,已是1932年的新年,家家户户又贴上了新春联,放起了鞭炮。鞭炮声中,吴焕先走进了院门。

吴妈妈迎了上来:"焕先,你可回来了!"

"妈,领导说给我放几天假,让我回来看看您和六姑!"

"你快进屋看看你媳妇吧,她可一直都盼着你回来哪!听说学楷她娘家哥死了,她眼睛都哭肿了!唉,可苦了我的好媳妇了……"吴妈妈心酸地说。

吴焕先迟疑地走进屋门,面对背他而立的曹干仙,怯怯地说:"六姑,我回来了!"

曹干仙慢慢转身,眼睛又红又肿,脸上还是布满泪痕,她有点幽怨地说:"你还知道回来,都大半年了,过年了,你才回来!"

她说着话,却呜呜哭了起来,忍不住问他:"我学楷哥的案子,到底怎么回事?你知道吗?"

"我也不太清楚!"吴焕先的心像被针扎了一般疼痛,曹学楷的死,他是后来才知道,他也百思不得其解,悲痛莫名!可他,又做不了什么!他有点无言以对,只好愧疚地说。

曹干仙仍不放过他,继续追问:"别人的事情,你不知道,可我哥的案子,你就不会打听打听!你们一起革命五六年,知根知底的,敌人都没有伤到他一根手指头,可他就这样不明不白死了……我心不甘,就是死,也得弄个明白!"

"我也想弄个明白,可我真的无能为力!如果我打听过多,我也可能像学楷一样!我不怕死,可我想死在战场上,也光荣……"焕先难过地说。

"不……"曹干仙猛然警醒起来,她不由抱着吴焕先哭了起来,"俺知道了,村里的吴世恩,就放着样儿呢,年前,他的老表被打成了反革命,他去打听,就被捉了去,说他也是反革命,就杀在了村后的山林里……"

曹干仙不再执拗了,她忍着悲痛,尽量让自己和放假回来的七相公快乐地过上几天新年。但临分别时,他的七相公看着她那仍在红肿的眼睛,忍不住动情地说:"六姑,莫再伤心啰。等到革命胜利以后，一切都会好的……到时候，我好给你置办一件新衣裳穿穿！"

曹干仙的眼泪又出来了，心上人对她的爱，她感受到了……

转眼又是大半年，虽然已是1932年的9月了，但秋老虎仍在发威，不见消退。伴随着暑热阵阵，曹干仙的心里也一阵阵燥热。这些天，门前不断地有队伍经过，她和婆婆一起，在家门口的河边支了个茶棚，摆了几把桌椅，每天为队伍烧汤送水，慰问红军。可是，看着过不完的队伍，就是不见她的七相公，她着急上火。她想念她的七相公，她也陆陆续续听到一些关于丈夫的消息，说他打起仗来总是冲杀在前，奋不顾身；他革命总是那么坚决，无私无畏。他也在不断地成长进步，年前是红二十五军师政委，年后被选为鄂豫皖省委委员，1932年3月间，听说又调任红四方面军政治部主任了！职务像走马灯似的换，哪里需要哪里上，可他，却没有时间回家来看一看！6月间，听说蒋匪对苏区发动了第四次"围剿"，部队打得很苦很艰难，伤亡也很大，他更忙了，更顾不上家了。他们结婚已经一年多了，可中间就见过那么一回！婆婆说想儿子，她也……好想他！

东方欲晓，薄雾初散，几声黄鹂的婉转啼鸣，迎来了又一个黎明。倒水河边，一前一后两个矫健的身影在快速前行，他们走上大路，路过一个又一个茶棚。

"首长，等等我！"警卫员追不上了，在后面气喘吁吁。

"莫急，你慢慢跟！"吴焕先向后面挥了挥手。

"是焕先回来了吗？焕先——"

前面茶棚里，吴妈妈闻声而出，喜出望外。

焕先惊住了，急忙走上前去，和妈妈打了个照面。

"娘，你怎么在这里？"吴焕先问。

"这几天过队伍，娘和你媳妇在这里烧个汤送个水的。大热的天气，队伍从家门口路过，喝碗绿豆汤解解渴儿，凉爽凉爽。"母亲一见吴焕先，亲热得了不得，她让儿子坐下，唠起来没完没了的。

"前两天，你们的徐总指挥也从这里路过。听说我就是你的娘，也一口一个大娘地叫着，好不亲热哩！"母亲喜滋滋地笑着，甜到了心里。

"娘，看把你高兴的！"吴焕先笑着，却又不无担心提醒母亲说，"娘，队伍这两天就过完了，你老也赶早收拾收拾东西，准备跑反哩！"

母亲脸上的笑意渐渐消失，极其吃惊地问："咋的啦？咱红军兵强马壮的，败了吗？别是你哄我吧？"

"娘，我不哄你，情况糟得很！真的，敌人脚跟脚地撵来了！"

母亲不再言语了，心情很难受。

"娘，干仙呢？"吴焕先忍不住问道。

"她在家里做饭，一会儿就过来！"母亲叹了口气说，"大半年了，可苦了我的好媳妇了，忙东忙西的！你不知道她有多想你……你也不回来看看！"

焕先沉默了，他也很激动。

就在这时，警卫员和曹干仙一起走进了茶棚。曹干仙收拾得干干净净的，腕上挎着个竹篮儿，一头时髦的短发，一双乌黑明亮的眼睛，虽然面容清瘦，但看起来干练清秀。

"娘，吃饭吧！"曹干仙一步跨入茶棚，对吴妈妈说。又一眼瞧着站起身来的吴焕先，幽幽地说："你，可回来了！"

"唉！"吴焕先难为情地应了一声，仍是直愣愣地站着。

曹干仙把篮子打开，里面有一盆大米饭，还有几个熟鸡蛋。她给吴焕先和警卫员各盛了一碗，并分别放上一个鸡蛋，又去给母亲盛饭。但母亲却爱怜地看着她说："我回村子里有点事，你们先吃吧！"说完便走了出去。

吴焕先坐下来，扒拉了几口米饭，剥开煮熟的鸡蛋，看了半天，却怎么也难以下咽。

曹干仙没有吃饭，她倚着柱子站着，双眼骨碌碌地打量着吴焕先，尽是爱恋。

"六姑，这些日子，难为你了！"吴焕先匆匆吃完饭，站了起来。

警卫员也懂事地站了起来："我吃饱了，先走了，到箭厂河那边打前站！"说着话，他撒开脚丫子跑了。

曹干仙忍不住了，眼泪吧嗒吧嗒掉下来："你呀，在家门口转来转去的，半年多了也不回来看一看！"

吴焕先愧疚地说:"对不起六姑,让你受苦了!可是,我能不想家吗?可你不知道我有多忙!"

他顿了顿,又说:"这半年,实在是难为你了!在家又当儿子,又当媳妇的!有你在,娘就有人照顾,我在部队就安心!六姑,我打心眼儿里感谢你!我……"

"你又说这话!谁稀罕你的感谢。"曹干仙破涕为笑。

焕先站起来紧紧拥抱了一下曹干仙,曹干仙的脸红了,害羞地说:"外边有人……"

焕先乘机松开胳膊,打开挎包,取出两块儿布料递给干仙,说:

"早就操着心呢,要给你和妈扯块布,做件褂子穿穿!早扯好了,可没时间回来。"

"给俺扯块布,可俺还没得为你抱上伢子。"一丝笑意浮上了曹干仙的脸庞,她幸福而羞涩地笑着,接过布料,看了看放在桌上,却又情不自禁地用双手拢住了丈夫的脖子。

外面的脚步声打破了两人的沉醉,焕先不舍地整了整挎包,留恋地环视了一下茶棚,对妻子说:

"六姑,刚下达的命令,我现在改任鄂东北游击司令,要留下来坚持斗争了!八字还没一撇,还没有准备,任务很重,得马上走!"

他看着干仙吃惊的表情,又说:"眼前形势很不好,你找一下村苏维埃,安排乡亲们准备跑反!咱娘,就靠你了……"

曹干仙镇静下来,她深情地注视着丈夫,深深地点了点头说:"嗯,你放心好了。娘有俺照顾,就是跑反,也不会叫娘遭灾受罪!"

"好好。有你这样的屋里人,俺一百个感谢!"

"你又说这话!谁稀罕你的感谢。"

"哎哎……我这就得走了!娘却不在。六姑,送我一程吧!"

朝阳已从东方升起,放射出万道霞光。紧紧相随的一对夫妻,身披金缎,走上了倒水河河堤。水波粼粼,柳丝依依,倒水河在弹奏着一曲怅惋动人的歌。

一个身影渐渐站下,另一个远去的背影频频回首招手,天地间响起了一个男子动情而洪亮的声音:

"六姑,别送了,回家去吧,去吧!"

曹干仙放下手臂,慢慢转回身来,眼里,还噙着晶莹的泪珠。

四、跑反

1932年11月30日,身为鄂东北游击司令的吴焕先挺身而出,主持重建红二十五军,被鄂豫皖省委任命为军长,继续领导鄂豫皖革命根据地的反"围剿"斗争……

残阳似血。

鄂豫皖苏区首府新集已被国民党军队占领,城头插着青天白日旗。

烟火弥漫着新集。哭声、喊声、骂声、枪声响成一片。

一队队白匪，押着被抓的难民、被俘的红军，还在涌向城中。

疯狂的白军、民团，在城郊荒野、大街小巷，制造着一系列惨无人道的兽行。

城外，绕城而过的小潢河畔，几百名被俘的红军、群众，被敌人用刺刀赶入河中，然后，遭到了机关枪的残酷屠杀。

城内，街道上停靠着几辆卡车，上百名年轻妇女撕咬着，哭骂着，挣扎着，反抗着，被一群士兵生拉硬拽拖上了车。

两个白军司机抽着烟站在车旁交流：

"听说要卖到武汉去？"

"是啊，长官们又要发横财了！"

小巷，两个如狼似虎的士兵堵住了一个披头散发的姑娘，他们撕扯着姑娘的衣服，把姑娘拖到偏僻的角落里。姑娘挣扎着，哭喊求救："妈——妈！"

深山老林里，背着布包包干粮袋子的曹干仙手挽着吴妈妈，藏在一块大石后，躲过了一队敌兵的搜索。

山沟里躲藏着几个逃难的男女老乡，一见她们过来，大家七嘴八舌地打起了招呼：

"老嫂子、大妹子，你们也跑这来了！"

"逃出来不容易呀！"

曹干仙和吴妈妈答着话，在石头上坐下。

一个老年男子看了看曹干仙的装束，友好地对她说：

"大妹子，看这身装束，男人是红军吧！咳，你不知道，狗子一见穿对襟衫的、梳短头发的姑娘和媳妇，全都要当成'共产婆子'打活靶呢！我亲眼见过几个，年轻轻的，惨急了！这样死太亏了，还是改换一下吧，你看我女儿……"

老人说话时，重重地叹了口气。

曹干仙的目光移到老人身边一个盘发髻、穿大褂衫的少妇身上，她朝父女俩默默点点头，便掏出一条印花手巾把头包了起来。

少妇移到曹干仙身边，情急地问："大姐，听说红军大部队走了，是真的吗？我男人在队伍上呢，还能见到他吗？……真个急死人呢！"

曹干仙微笑着正要回话，突然前面传来一连串的枪响，接着便看到搜山的白匪边打边退，一个威武英俊的青年红军将领挥着手枪领着大队红军冲了上来，他边打边喊："同志们，冲啊——坚决消灭敌人，保护好老乡！"

这不正是吴焕先嘛！

"焕先！"曹干仙站起身来喊了一声。但吴焕先没有听见，率领队伍冲了过去。

枪声、厮杀声渐行渐远。

五、打粮

冬去春来，春风送暖，万象更新。

红二十五军成立后，在吴焕先的领导下，采取了游击战略，相继取得了郭家河、潘家河、杨泗寨等战役战斗的胜利，歼灭了大量敌人，收复了大量失地，部队发展到了15000多人，根据地的发展又呈现出了一派生机勃勃的局面。

人间四月天。

四角曹门，吴焕先家。

几个村民聚在焕先家门口，交头接耳地拉着话。穿得朴朴素素的曹干仙为村民摆上桌椅，端来茶水。由于劳累，她比过去消瘦了许多，颧骨突了出来；鼻梁、嘴唇以及下巴颏儿的棱角，显得格外分明；眼睛，还是那样的乌黑闪亮。

大家坐下喝着茶，兴致勃勃地拉起话来。

一个邻居神秘地说："听说了吗？咱红二十五军可厉害了，打了好多胜仗，清乡团这些天都吓得溜了。嘿嘿，庄户人又有盼头了。"

"可不！"一个中年男人接过话头儿，"郭家河一仗，咱队伍只伤了三十来人，就捉了两千多号敌人。那，我可是亲自去看了的，好多好多俘虏呀！咱焕先上台讲了话，听说，他还是军长呢！"

众人都是一震,面面相觑。

"哎呀,七相公当了军长,那,干仙不成了军长太太,吴妈妈不也成了军长的娘了!"一个大嫂像发现了什么似的说。

吴妈妈跟着众人乐呵呵地笑。

曹干仙羞得低下了头。她突然抬起头来急切地问:"他们,离这远不远?"

"不远不远,就在鄂东北一带转悠呢!"中年男人回答说。

"娘,咱们家没得吃了,我想到外面打点粮,也顺便去找找他!"曹干仙急得站了起来。

众人反应过来,一连声地说:"就是就是,没得吃了,我们也得去打粮……"

吴妈妈一脸疼爱地看着干仙:"可不是嘛,七个多月没见他了。咱们一起打粮吧,他忙,咱们去找他!"

春日融融,春山如笑。

一处群山怀抱、风景秀丽的山湾。山坳处,一排排战士在练习劈刀、刺杀,呐喊声震天动地。

麦苗、稻秧拥抱的乡间土路,曹干仙挽着个小包袱,一手拎着个干粮布口袋走来。她穿着一件大襟衣衫,灰白的长裤膝盖上打着两块黑补丁,十分引人注目。过去的短发,现在扎成个喜鹊尾巴似的髻儿,挽在脑后;头上,捂着一块花布头巾。

山村中人来人往，忙忙碌碌。

吴焕先的警卫员一路小跑，迎面碰上曹干仙，他没有认出她，径直跑了过去。

曹干仙觉得警卫员面熟，扭头看了看他，不好意思地"唉唉"两声。

警卫员闻声转身，眼睛睁大了，他一蹦老高，快乐地喊："啊，嫂子来了，军长可想你了！"

"看你……"干仙不好意思了。

"你们军长呢？"她害羞地问。

"噢，在领兵训练呢！"警卫员答应着，"我传达个文件，就带你去。"

练兵场上，吴焕先身背大刀正在观看两名战士刀技表演。

那名身材高大的便是教练，只见他手握一把系着红绸飘带的大刀，刀法娴熟，引人注目。另一名则是新战士，只见他左右躲闪，已不堪招架。

一声惊呼，那名战士手中的大刀被教练挑上了半空。

"好！"

吴焕先禁不住道了一声彩，取下刀来，喝道："好样的，来，咱俩拼一场！"

"军长！这……"教练犹豫了。

"你这个教练，都说功夫了得！来，红军不分上下，我也想领教领教。"焕先说着，已一刀向教练劈了过去。

吴焕先力大刀沉，步步紧逼，教练赶忙接招。教练遇上了厉害对手，几刀下来，有些吃紧。他迅速调整，拿出了看家本领，把刀舞得呼呼生风，一刀比一刀凌厉、凶狠。

吴焕先左砍右劈，凝神应付。他步法灵活，进退自如，斗了十几个回合，瞧见有隙可乘，一脚把对方踢翻，可不料，忙中有错，自己也被对手一拳砸个正着，一跤跌倒。

吴焕先站起身来，擦了把汗，向爬起来的教练笑道："好家伙，真有你的！不错！"

一匹战马奔上山坡，一名战士跳下马来，把一叠油印小报交给了焕先和战士们，说："省委又出通讯了！"说完便打马而去。

吴焕先找到一块岩石坐下来读报，展开来看，报头上刊印着《鄂东北通讯》。刊面上，几行醒目的大字标题映入眼帘：《红二十五军每战必胜，接连取得三次大捷》。

郭家河歼敌两千，潘家河歼敌两团，杨泗寨溃敌一师。

吴焕先神情振奋，双睛闪亮。他按捺住心头的兴奋，继续看去。

他神色突然凝重下来，眉毛拧紧了，专注而又不安地念叨着文章中的一段话：

"同志们，三战三捷后，我们的任务是什么呢？省委号召同志们要尽快起来，起来，趁热打铁起来！夺回一切中心城市，恢复整个苏区！争取一省数省在全国的首先胜利！我们的作战目标，首先是夺回敌人重兵盘踞的七里坪，然后是红安县①、新集、宣化店……"

---

①1931年11月10日，红四方面军发起黄安战役，历时43天之久，共歼敌1.5万余人，解放了黄安县。为纪念这一重大胜利，曾将黄安县改名为红安县。

吴焕先双目失神，脸色阴沉可怕，持报的双手止不住地颤抖。一阵狂风吹来，把小报从焕先手中高高卷起，翻飞着飘向远处。

"报告军长，你屋里人来了！"警卫员冷不丁蹦到跟前，笑嘻嘻地报告。

"哦，在哪儿？"吴焕先有点意外。

曹干仙羞答答地走来："七相公！"

"六姑，你！"吴焕先赶忙站起。

曹干仙轻轻咬着嘴唇，一双野葡萄似的黑眼珠儿，闪耀着甜润动人的光彩。她目光流盼，看到丈夫投来的关切眼神，便不由垂下脸儿，幸福地笑了。

"半年多了，总不见你，也没个信儿，我就找来了！"她抬头，目光闪烁地看着焕先，声音柔美甜蜜。

吴焕先笑了，对警卫员说："你先带你嫂子回屋，我等等就回。"

吴焕先军部驻地。一间土房子，曹干仙坐在窗前，专心致志地为丈夫缝补着一件灰布军衣。

吴焕先从外面走来，看到房间里的情景，很是激动。在门外徘徊了一下，便急步跨了进去，柔情地唤道："六姑……"

"唉！"曹干仙站了起来，惊喜地说，"你可回来啦！"

"回来啦！"焕先说着，轻轻扶着干仙坐下，他细细端

详着妻子,突然像发现了什么,伸手揭了揭妻子搭在头上的印花头巾,露出了翘起的喜鹊尾巴,有点不解地问:

"我说你呀,怎么也改变了打扮?浑身上下全都变了样儿?"

"这年月兵荒马乱的,白匪见了穿对襟衫的、梳短头发的,都要当成'共产婆子'打活靶呢!俺才不白白送死呢!"干仙红着脸说。

"六姑,苦了你了!"焕先抚摸着妻子的肩膀,动情地说。

"你,还没有吃东西吧?"干仙关切地问。

"哦,肚子是有点饿了!"

焕先一眼发现放在妻子身边的干粮布袋,一手抓过来,好奇地问:"装有什么好吃的?"正要动手解开,却被妻子猛一把夺了过去,紧紧张张地搂在怀里,任凭焕先怎样磨蹭,她总不肯撒手。

"嘿嘿,你不解开,我也摸个差不多。里面全是讨来的残渣剩饭,不是晒干的馍块,就是吃剩的米饭,碎碎渣渣的!"焕先一语道破了玄机。

曹干仙忍不住落泪了,她幽幽地说:"红军,游击队都到白区打粮,俺就不能出来讨一点吃的吗?莫把人瞧扁了,活活饿死!"

"打粮!打粮!"吴焕先痴呆地偎依着妻子,抬起手臂搭在她的肩头,默默无语。

干仙一边为丈夫剥着花生豆儿,一边说:"听说在郭家河打了胜仗,俺跟娘跑去看了一回,想见你一面,谁知队伍早开走了,没有见着。前些天,听说又在潘家河打了胜仗,俺又跑去看了一回,还是没有见着。就在家门口转来转去的,见一面也难,这回可没有白跑。"

"这半年光景,你在家又当儿子,又做媳妇,还得四下里奔走……打粮!"吴焕先也红了眼睛,"我这个家门口的游子,只有苦你,没得法子帮你……"

"看你!"妻子把丈夫的嘴巴捂住了,随后咕哝说,"俺这个不中用的,成亲快两年了,连个伢子还没有抓下,俺都对不住你呢!"

"别说傻话!这年月抓下个娃儿,也是遭罪了!"

妻子却娇气地说:"俺不,生个伢子,长大也好当红军。你打仗不要命,俺可怕得要命!就怕有个三长两短,给你没抓下个娃儿,老了连个后人都没有,白到人世上活了一回!"

"唔!"焕先不愿意打断妻子的话。

"咱娘说了,多为红军养几个娃儿,日后对革命也有用处。就像家门口的倒水河一样,流也流不断……"

六、诀别

1933年4月末,在红二十五军得到壮大和苏区得到发展的大好形势下,临时中央和鄂豫皖省委主要领导人的头脑又发热了,要求红军放弃行之有效的游击战略,进行大反攻作战,大打消耗战,打阵地战,夺取敌军事要地七里坪。这种"左"倾冒险主义的错误方针,吴焕先坚决反对,但无力改变,只得全力备战,率军奔赴前线……曹干仙和他的短暂欢聚,不仅已成诀别,也成了吴焕先对妻子的永久追忆。

暮春的阳光,已是火辣辣的毒热。大地在冒着滚滚蒸气。鄂东北小山村,鄂豫皖省委所在地,省委会议正在举行。省委书记沈泽民、吴焕先、郑位三和主要省委领导均出席。

吴焕先正在发言:"不是我不想拿下七里坪,而是根本不可能。一是我们兵力不足,只有万把来人,难以形成围攻之势;二是粮食困难,青黄不接,老百姓和军队都没有吃的,不能持久作战。这两条意见,请省委慎重考虑。"

沈泽民一副成竹在胸的样子,把一份油印的材料递过去，平和地说："唔，你还没有看到我写的这个材料，看一看吧！"

吴焕先接过那份材料一看，标题是《潘家河的胜利》，他继续浏览。

沈泽民接着说："我这篇文章，除了评述潘家河胜利的意义外，着重讲的就是扩军和筹粮两个问题。第一，要猛烈扩大红军队伍，使工农群众像潮水一样涌入红二十五军，假使现在队伍能够扩大到两万人，我们马上就可以夺回新集、七里坪、红安县、金家寨等城镇。"

吴焕先陷入了沉思。

郑位三不置可否地笑了笑。

沈泽民继续接着说："第二，要竭尽全力准备粮食。粮食，务必使广大群众晓得，要想夺回中心城市，就一定要把粮食送给红军吃，省下锅里的最后一把米、最后一碗野菜给红军吃。总之，这可是……"

"够了！"吴焕先不等沈泽民说完，就把材料丢给了他，冷冷地道，"你这个材料，只不过是一种政治动员，能起多大点作用！现在青黄不接，粮食早被敌人抢夺一空，连老百姓也到处打粮，谁知饿死了多少！老百姓也是人哪！也要吃饭咧……"

"耸人听闻！"沈泽民按捺不住，把个小烟斗碰得梆梆响，"你，你太不像话了！你别低估了老百姓的拥护热情，以为群众动员不动！你……几次战役胜利的时候，家家户户的老百姓，都为红军烧水做饭，好多妇女端着白糖水，送给伤员喝……那种热烈的情绪，你都视而不见？哼哼，我再念个最新的也是最实际的材料给你听听！"他随手拿起桌头的一张《鄂东北通讯》，稍许顿了顿，便慷慨激昂地念了起来：

"红安三区各乡拥护粮食物资的统计：第七乡拥护红军大米 4 斗 3 升、谷 2 斗 7 升、杂粮 6 升、钱 35 串 400 文，第八乡拥护红军大洋 6 元、钱 2 串，等等！"

与会者交头接耳，私下议论起来：

"在此困难之时，群众的拥护热情，太让人感动了！"

郑位三则说："他们早被熬干了，这点粮食，等于打了个小小的土豪！"

一个与会者不满了："莫要白扯！这可是群众对红军的拥护！"

"可不是嘛，"沈泽民借题发挥地说，"就凭群众的拥护支持，我们必定会夺回一切中心城市，完全恢复整个苏区。第四次'围剿'之前，党中央就曾发过指示：冲破第四次'围剿'之结果，将是一省数省的首先胜利！"

"反第四次'围剿'之结果，就摆在我们省委面前，还说什么大话！"吴焕先忍不住了，他陡然站起，好不客气地说，"就凭群众拥护的十来石粮食，万把人的队伍，一个人能均得多少，不够填两次牙缝，我们应当脚踏实地，面对现实。"

"我看你吴焕先实在成问题！谁不是脚踏实地，就你面对现实，哼哼！"沈泽民顿时火冒三丈。

"明摆着兵力不足，给养不够，还非要围攻七里坪不可！"吴焕先也不示弱,气得满脸通红。

两人越说越快,越争越激烈。

沈泽民气炸了:"夺回七里坪就是发狂?我又没叫你去攻打武汉!就当我有发狂情绪,我们的党中央难道也在发狂不成?夺取七里坪的作战部署,党的智谋之士所见略同,省委与中央的军事指令完全一致,你吴焕先胆敢不从!"

沈泽民喘了几口气,因为激动,他的胡子抖个不止,说话也不留情面:"现在,你就给我最后表态,夺回七里坪,你们红二十五军成不成?如果不成的话,我就调动各地的游击队,还有苏维埃政府人员,一齐上阵围攻!别以为你是军长,就可以一味强调困难,跟省委讨价还价!"

吴焕先委屈难过,圆睁着一双大眼,凝视着沈泽民,迟迟不发一言,良久,才颓然坐下,无可奈何地说:"我,我服从中央和省委的决定……"

七里坪。

晨雾尚未飘散,倒水河的飘带,由西向北,缓缓地流向远方。大别山腹地被敌控制的军事重镇七里坪及其相依的大小悟仙山,在曙光中露出了狰狞的面目,丛丛鹿寨、道道铁丝网、条条壕沟和密布的明碉暗堡,像无数只龇牙咧嘴的饿虎,面目可憎。

半山坡上,吴焕先收起仇恨的目光,对身边绘着草图的参谋和一旁的副军长兼七十四师师长徐海东说:"快,要快!"

徐海东愤懑地说:"就咱们这点兵力,要想拿下七里坪,我看是异想天开……我反对！"

吴焕先说："可这是中央和省委的决定，必须无条件服从！"

几声鸡啼在夜空中回荡，游动哨的脚步声响个不停。一个敌哨兵打着呵欠朝这边走来。

吴焕先对身后的警卫员和两名战士挥挥手："去，抓活的！"

警卫员带着两名战士摸了下去。

敌哨兵越来越近，突然被什么绊了一下，骂道："哎呀！吓老子一跳……"

话没说完，突然吓得叫了起来："啊！红……"嘴便被毛巾堵上了。

远处的敌哨兵发现有动静，急忙鸣枪，狂喊："有红军，红军！"

在枪声的追击中，吴焕先等人撤去。

红二十五军军部。正在召开军事会议。

吴焕先手指草图在讲话："从我们了解的情况和俘虏口中得知，七里坪有敌第十三师6000多人马驻守，工事坚固，城里全都筑满了碉堡围墙、壕沟，还设置了许多铁丝网……"

"敌八十九师，还在红安城里蹲着哪！"徐海东忍不住插了一句。

"就是嘛！"焕先接过来说，"红安城与七里坪相隔只40里，敌随时可以增援。另外，七里坪西面的华家河等地，也驻有敌人重兵,时刻对我们构成威胁。我们怎么配置兵力,怎么打,都得根据这些情况,马上确定下来!"

"打……打……军长,"徐海东说,"从鄂东北总的形势来看,敌人是我们兵力的十几到几十倍,能打吗?一点都不顾实际!大举反攻,夺回这个那个的……哼哼,都不过是上级的宣传话!连肚子都填不饱,说大话也不怕腰疼!"

吴焕先怔怔地看着徐海东出神。

徐海东接着站了起来:"我们有多少人马?自己心里清楚。打七里坪,凭什么?凭粮食?没有!凭人马?就三个师万把兵力,围城没有打援的,打援没有围城的,咋说都扒拉不开!敌人一旦从红安城增援,后果……"

"你少啰唆!"吴焕先苦恼地站起,他一手掐腰,给徐海东来了个下马威,"你是副军长,必须服从上级命令!我们现在讨论的不是打不打的问题,而是必须打,坚决打,打到底的问题!作战兵力不够,粮食供应困难,省委自有安排,让郑位三同志等负责完成。这两条意见都不要再提了。省委和中央的决定,我们没有权力改变,现在只有执行的份。谁再动摇围攻七里坪的决心,就是政治上的罪人!"

徐海东惊异地打量着吴焕先,他对这些话极不满意,可又无可奈何,气得把凳子晃得咯吱咯吱响,半晌,才呼出一声:"既然这样,那我们就坚决执行!"说完,气呼呼瞪着大眼。

吴焕先心情很难受,他颓然坐在凳子上,叹了一口气,说道:"散会。"

村外广场上,正在召开军事动员大会。黑压压的人群,无数面连旗迎风飘扬,土台子上,一个中年民间女歌手一边指挥,一边领唱着《红军革命歌》。

团结起来齐奋斗,不给他人当马牛,
工友农友,受尽压迫真难受,一天到晚血汗流,
快快革命当红军,努力努力齐奋斗,军阀走狗帝国主义都不留。

红军革命高潮起,工农士兵大联合,
工友农友,联合起来齐革命,完成我们的新使命,
不怕牺牲不爱财,努力努力去斗争,要把封建帝国主义消灭净。

歌声唱完,大家群情振奋。这时,一个政工干部走上土台,振臂领呼口号:
"坚决打下七里坪!"
"恢复整个苏区!"
"夺取一切中心城市!"
"争取一省数省的首先胜利!"
口号声震动天地,悲悲壮壮!
口号中,军长吴焕先陪同省委书记沈泽民在视察。沈泽民看到战士们情绪热烈,非常高兴,一脸笑意地说:"挺好!

挺好！"

他们沿着一个新挖的掩体示范工事走着。沈泽民说：

"听说徐海东在会议上持反对意见，他竟敢把大举反攻敌人、夺回七里坪的战略方针，说成是上级的宣传话。岂有此理！岂有此理！让这样的人率兵打仗，危险呢！"

"不，海东是个好同志，我以军长的名誉担保！他反对话是说过，但这完全是为部队考虑。"

"算了算了。他还算是个好同志！不过，以后政治上的事，你这个军事长官无权过问！"

沈泽民不耐烦地打断吴焕先的话，接下来又问：

"部队什么时候出发，今天还是明天？"

"看看情况再说……"

"机不可失，时不再来。你不要误了大事！中央的军事指令有句十分重要的用语，就是'必须注意到每天都是很宝贵的'！"

"无论如何，我也得等到老经理回来，看看筹到了多少粮食。部队进入阵地以后，每天都得吃饭！"

"不管咋说，最迟明天必须开往七里坪！"省委书记沈泽民武断地下了命令。

天色已近黄昏，老经理吴维儒带着风尘仆仆的筹粮队伍，回返在弯弯曲曲的山路上。

战士们饥疲交加，却在拼命坚持。

夕阳残照，荒山野岭，几匹牲口驻足不前，啸啸山风伴着夜猫子时起时落的怪叫，令人毛骨悚然。

老经理警惕地环望周围，他放慢了脚步。

一排黑洞洞的枪口从树丛中伸出，对准了山路。一群还乡团伏在岩石后，他们咬牙切齿！

几丛灌木枝条在隐隐晃动。

"保持队形，搜索前进！"老经理发出命令。

几个战士背着干粮带，端着步枪冲在了前面，搜索过去。

突然一串枪响。

"有情况……"两个战士喊了一声，便齐齐倒了下去，带血的手，紧紧护住了身上血染的粮袋。

"打呀！"老经理撕心裂肺地长吼一声，带着战士们冲了上去。

丛林里，一场血战在继续。

太阳已经下山了，天空渐渐暗了下来。

吴焕先焦急地在村边踱来踱去，旁边站着警卫员。

"老经理他们，不会出事吧？"吴焕先忧虑地说。

"军长，老经理他们会回来的！"警卫员劝着他的军长说，他也很着急。

筹粮队伍继续前进。一些战士不见了，老经理吴维儒和战士们肩上多背了几支枪和几个粮袋。

几个伤员被抬着、背着、扶着，一边呻吟着一边前进。

沉痛，压抑着每一个战士的心。

战士们的前面，杂草丛生的山道上，出现了一个老妇人的身影，她挽着一个篮子，拄着一根打狗棍儿，喘着，咳着，一步一晃地向前挪来。

老妇人越来越近，看到走来的队伍，大吃一惊，一跤跌倒在地。

篮中的碗儿，在石头上摔成了几瓣，几只硬馍块，几把干饭团从篮子里滚了出来。

老经理睁大眼睛，高叫一声"老嫂子"，向前奔去。

吴焕先仍在村口等待。

警卫员劝道："军长，不早了，老经理看来今天回不来了……屋里嫂子还在等着你呢！"

吴焕先叹了一口气，他抬头向天边望去。一弯新月斜挂天际，时间不早了，已然夜深人静。他移步走向驻地……门开了，曹干仙从屋里迎了出来。

突然，一声呼喊打破了寂静。

村头，一个奔跑的身影喜极狂喊：

"筹粮队回来了！老经理回来了！大家快来看哟！"

一时间，村口挤满了前来围观的男女老少。省委书记沈泽民闻声也走来了。

吴维儒和战士们披着满身征尘，带着肩挑、身背、牲口驮的打粮队，满载而归。在人们的欢叫声中，他们把各种形状的口袋、包裹、箩筐，以及用裤子扎成的粮袋，横七竖八地放在地上，堆积如山。

沈泽民高兴地笑着，连说："很好，很好！这可解决大问题了！"

吴维儒挽着吴妈妈走了过来，见到省委书记，当面介绍说："这是吴军长的娘！嘿嘿，她一个妇道人家，跑去讨饭，半路上叫我们碰到给截了回来……"

人群一阵骚动，接下来是鸦雀无声。红军战士和老百姓，都不由带着异样的眼光，关切地注视着乞讨的军长母亲……

吴妈妈难以承受这份温情，她摇摇晃晃地站着，撩起衣襟擦擦热泪，对沈泽民说道：

"都是自家的人，我也不怕同志们笑话！人嘛，总能找个活路。红军能到边区打粮，我一个老婆婆，能走能跑的，就打不来一点吃的吗？"

战士们不由自主抹起了眼泪……有人大喊：

"老经理，给吴妈妈优待一斗米！"

"一斗太少，二斗、三斗！"

"我们宁肯饿肚子，也不能让吴妈妈讨饭吃！"

"就是，说啥也不能叫军长的母亲讨饭吃！"

沈泽民慌了神儿："唉唉……我们军长的堂堂老娘，出外行乞讨饭，实在是……实在是……"

"嗯，你这同志不要为难！"吴妈妈接着说，"我去打粮，也能支援红军队伍！这一路上，我碰到过不少自家队伍呢，我老婆子都怕被认出是军长的娘。我还瞒着自家的媳妇，怕她操心呢！"

"这就好，就好！"沈泽民赞许地说，他转身对吴维儒说，"老经理，把老人家领到军部休息！"

"娘！""娘！"

正在这时，吴焕先和曹干仙闻讯赶到这里。

"焕先，你们！"吴妈妈看到儿子和儿媳一起走来，脸上乐开了花，她幸福极了。

曹干仙已是泪流满面，她挽起了吴妈妈，心疼地说："娘，让您受苦了！儿媳对不起您！咱们……回屋去。"

"好！"吴妈妈捡起了打狗棍和讨饭篮儿，被曹干仙挽着蹒跚而去……

吴焕先眼里闪着泪光，他看着她们走远，才把老经理拉到一旁，急切地问：

"老经理，一共筹了多少粮食？"

老经理叉开了三个指头，"三百多石！"他脸上忧虑重重，"筹的是不少，可均到人头上，不多了！"

"这样吧，"焕先决定说，"把筹下的粮食，全部按人数分配下去。给各师各团讲清楚，就这么一点家底了，让他们各自再想想办法，一定要保证部队吃上十天半月！"

迎着初升的朝阳，部队出征了。

沈泽民和乡亲们聚集在村口，欢送部队出征。

沈泽民做战前动员："打下七里坪，我给你们记大功！记大功！"

吴妈妈、曹干仙站在一起，依依不舍地对吴焕先和战士们挥着手臂。泪水,再次盈满了曹干仙的眼眶。她不知道,这一别,竟是他们的永别。

七、"仙"逝

1933年5月2日至6月13日,根据中共中央军事指令和鄂豫皖省委决定,在兵力不足、缺粮严重的情况下,红二十五军进行了历时43天的围攻七里坪之战。这一"左"倾冒险主义错误,致使红二十五军遭受惨重失败,部队减员过半,由15000余人减少到不足7000人。

在红军缺粮的严重关头,曹干仙为支援红军作战,把她和吴妈妈乞讨而来的半口袋"百家粮"送到龙王山红军阵地,而怀有身孕的她,缺吃缺喝,最后饿死在长冲附近乞讨的路上……

七里坪阵地。

浓烟翻滚,枪炮声、厮杀声、军号声响成一片。

司号员拼命地吹着冲锋号,铜号上的红飘带随风起舞。

红二十五军向七里坪之敌发动了冲击,战斗异常激烈。

小悟仙山阵地。红军向山腰上的敌阵地攻击,一个指挥员不断地挥动驳壳枪,命令战士们:"快!要狠!"敌人居高临下,拼命狙击。冲上山去的战士成堆成片地倒下。

大悟仙山阵地。徐海东手举大刀随部队攻击。先头部队跃入了敌人战壕。成群的敌增援部队赶到。几具战士的尸体从战壕内被抛出，顺着山崖滚落山下。疯狂的敌人吼叫着扑了下来。

徐海东举着大刀，愣在那儿。

倒水河阵地。一支红军冲到倒水河边。战士们踏着清澈见底的河水向对岸冲击。

敌隔岸阵地，轻重武器一齐开火。战士们河心受阻，丢下大批牺牲的同志，架着伤员返回河岸。

敌人跳出阵地追击。在河心也受到战士们的顽强阻击，留下一排尸体，返去。

两军隔岸对垒，互相射击。

红二十五军指挥部。

吴焕先忧形于色地站在阵地上，观察着炮火纷飞的战场。

一个通信员气喘吁吁地爬上了阵地。

通信员："报告军长，小悟仙山阵地没有攻下！"

吴焕先没有作声，依然目视前方。

又一个通信员奔上山来。

通信员："报告军长，大悟仙山阵地——没有攻下！"

吴焕先神情凝重地眺望战场。

第三个通信员紧接着赶到，一副哭腔。

通信员："报告军长，倒水河阵地——没有攻下！"

吴焕先周身一震，眉毛拧成疙瘩，警卫员顺着他的目光望去，也不由大吃一惊。

战场上。敌军大举反击。寡不敌众的红军一边抵抗，一边撤退，阵势已显混乱。

"通信员！"吴焕先吼道，"通知各师，撤回阵地！"

"是！"三个通信员答应一声，又向山下奔去。

麦子渐渐黄了。

部队断粮了。

红军和老百姓在到处打粮。

风助火威，一块麦田正在熊熊燃烧，滚滚烟雾四散开来。还乡团团丁狂笑着，扔下手中的火把，踏过被残杀的群众尸体，扬长而去。

曹干仙、吴妈妈和几个乡亲，躲在一条水沟里。

一个老乡开口说："听说红军也断粮了，每天要饿死十几口人呢！"

"啊！"曹干仙和吴妈妈大吃一惊！

曹干仙对吴妈妈说："娘，咱家攒下了半口袋粮，改天我就给七相公送去！"

吴妈妈："对对，送去！"

趁团丁离开的当儿，大家说完话匆匆逃去。

后面响起追击的枪声。众人狂乱奔跑。曹干仙突然感觉腹内一阵剧痛，一手捂着肚子趴倒在地，一口又一口呕吐起来……

"你怕有喜了，孩子！"吴妈妈吃惊地说。

"啊,是真的吗?"曹干仙笑了,"那,七相公该多高兴!"她脸色苍白,粒粒汗珠从额头上滚落下来。

追击声更近了。

"快走!"

曹干仙咬紧牙关,提起篮子和布口袋,挽起吴妈妈踉跄着向前奔去。

夜。灯笼山。

徐海东带的打粮队被围困在狭谷地带,几百个红军紧紧围护着肩上各扛一袋面粉的二十多个战士,顽强地抗击着前后左右夹击的敌人。

敌人更猛烈地冲击红军,双方混战一团。

徐海东的眼睛瞪裂了!

危难时刻,徐海东登上了一块山石,振臂高呼:

"同志们,这二十多袋面粉是我们全军的生命!我们就是死了,也要坚决把它们送回阵地!同志们,拼——啊!"

战士们前仆后继,奋勇向前突围,血在抛洒泪在流。

天已黎明。

疲惫不堪的打粮队返回阵地。身背二十多袋面粉的战士们后面,是一具具抬在担架上的尸体和伤员。那么一长串,数也数不完。

战士们低垂着头,沉浸在悲哀中。阵地上一片肃穆。

吴焕先的脸紧绷着,神情悲切。

老经理走到他的身边,伸出颤抖的手,语调悲伤地说:"七相公,不能这样干了!二十袋面粉死伤二三百个同志,一把粮食一条命啊!"

吴焕先痴呆地抬头看着老经理。

"军长!再这样围攻七里坪,是要毁掉部队啊!"徐海东愤激的话语中,充满着期待!

"撤围!"吴焕先一拳挥下,"徐师长,跟我一起找省委去!"

山村省委驻地。

"对这个问题,省委已有考虑。"沈泽民从桌上拿起一份文章,递给站在面前的吴焕先和徐海东说,"这是省委《通告一〇七号》,刚刚印出,马上下达全军。通告指出:目前正是我们反攻敌人的有利时机。如果拿下了七里坪,那么,苏区立刻会大大巩固,并且走上了顺利完成一省数省政权的大路。如果拿不下七里坪,革命就会走到更困难的环境,所以,我们面临的主要危险……就是一切怀疑能拿下七里坪的右倾思想。而有右倾思想的人,往往由于政治上、思想上动摇,从而加入反革命组织……"

"太荒谬了!"吴焕先把《通告》推给徐海东,冷冷地说。

"别说打,饿都饿垮了!"徐海东气呼呼地补充一句。

"你说什么!"沈泽民火了,"作为一个省委常委,你竟说出这样的话来,真让人痛心!"

"让人痛心的是红二十五军伤亡太大,是不顾实力死围七里坪！"焕先顶了沈泽民一句。

"我赞成军长的意见！"徐海东附和道。

"算了！"沈泽民武断地说，"你们没撤围的权利！打七里坪是中央的指令，七里坪打下了，还要打红安县呢！"

"我不赞成！"吴焕先豁上了。

"别忘乎所以，不要忘记你是地主出身！"

几经蹂躏的土地一片肃穆。

龙王山阵地，军指挥部。

枪声时紧时慢地响着。

吴焕先趴在战壕里一边观察敌情，一边对身旁的徐海东说："明明攻不下还要攻，一个多月了，还要死多少人！"他异常恼怒，眼睛通红！

徐海东气愤地说："战士们还在饿肚子呢！"

老经理匆匆走上阵地，他沉吟了一下，忍不住说道："焕先，你媳妇来了，就歇在指挥所下，你下去看看，她……"

吴焕先用通红的眼睛瞪着老经理，吼了一声："不去！"

"她像是有啥事要对你说，她……"

吴焕先蹭的一下从地上蹦起来，把内心的愤懑一股脑儿地发泄出来："少啰唆，不去就是不去！"

老经理震惊了，张着口说不出话。

吴焕先大声叫道："警卫员，你去料理一下，问问有什么事情，叫她回去好啰！"

"是！"警卫员答应着，转身走了。

山脚处。曹干仙站在那儿，又黄又瘦，面容憔悴，她焦急地等待着。

警卫员跑了下去，正要说话，却一下子愣住了。

"嫂子，你……你咋成了这样！"他嗫嚅着问。

"大兄弟，不怕你笑话，俺是……害口咧！"

曹干仙抿嘴一笑，恢复了少妇俊美的容颜。

"妇道人家害口，爱尝点鲜。大兄弟，你也尝个鲜！"曹干仙挽在臂弯里的竹篮里，盛着许多鲜嫩的豌豆角儿，还有发黄的麦穗和开着黄花的蒲公英。她一边说，一边抓了一把豌豆角给了警卫员。

"嗯。"警卫员甜滋滋地尝了起来。

"大兄弟，他怎么没下来？"曹干仙疑惑地问。

警卫员吞吞吐吐地说："军长正忙着呢，抽不开身。他说了，问你有什么事，交代一下……这里打着仗，危险！让你早点回家。"

"俺大老远跑来，就是想见他一面，有话要对他说！"曹干仙眼里闪出了泪花。

"不成，不成！"警卫员赶忙阻止，"阵地上危险……再说这会儿，军长正发火，还骂人呢！"

曹干仙叹了一口气，拎起放在地上的小布袋，缓缓地说："俺知道他打仗够苦够累的，仗打得不顺，心里窝火……那，俺就不上去了……大兄弟，你把这一布袋粮食，还有这个小包包，带给他也就是啰。粮食，是俺娘俩拥护红军的；包包是给他的……"

她说完，留恋地望了望阵地，眼里含着泪花，扭转了身。

"嫂子，你还有什么话，留下好了！"警卫员喊住了她。

曹干仙慢慢转回身来，把头勾得低低的，害羞地说："你就悄悄告诉他，说俺……说俺有喜了！"

她不等警卫员回答，就拎着她的小竹篮，满面绯红地走了，头也不回。

"嫂子走好！"警卫员立正着，目送她远去。

晚霞在阴云的包围中，仍在不屈地燃烧着。

曹干仙瘦弱而又倔强的身影渐渐地消失在嫣红的晚霞中，她再也没有回头……

天昏暗下来。警卫员扛着那袋粮食，提着那个粗布小包，回到了指挥部里。

麦秸稻秆搭成的小窝棚内，已经掌上油灯，几碗清亮亮的菜汤放在小桌上，已经开饭了。

但里面的人谁也没有端碗。

警卫员走了进来，放下布袋说："军长，嫂子回去了！"

"唔。"焕先看着警卫员，指指桌子，"吃饭吧！"他的神情已经平静下来。

"这袋粮食，是嫂子和大娘拥护红军的，这个包包是给你的……"

"噢……"焕先坐着没动。

老经理吴维儒狠狠瞪了焕先一眼，走上前来打开小包。

包里是一双粗布新鞋，鞋里还紧紧扣着七八个煮熟的鸡蛋。吴维儒把鞋子和鸡蛋递给了焕先。

"大家都有份，一人一个，来……吃，吃。"焕先把鸡蛋分给大家。他拿了一个，剥开皮，但怎么也无法下咽。

老经理又扯开了口袋。他的双手插进去，掏出一捧粮食来，凑在灯下细看，不由皱起了眉头……

灯下一捧窝窝糟糟的粮食，谷糠、麸皮、饭团、馍渣……分明是讨来的"百家粮"！

粮食在老经理手里颤抖。

警卫员和众人都站了起来，神情激动地注视着"百家粮"。

"这是嫂子她们讨饭讨来的！"警卫员带着哭腔说。

吴焕先拿在手里的鸡蛋捏碎了，泪水溢出了他的眼眶。"把粮食留给伤病员！"他含混地说了一句，就大步跨出窝棚，站在黑暗中，久久眺望着曹干仙远去的方向……

瘦弱不堪的战士们，抬着一具具白布包裹的尸体向山下挪去，组成一长串的队伍。三三两两的战士抱着一捆一捆失去主人的枪支，在往一起聚拢。抬尸体的队伍一旁，是几大堆刻着战士姓名的枪支。

吴焕先、徐海东等站在一旁，表情冷漠，像几尊木雕！

吴焕先："海东，队伍还有多少人？"

徐海东："七千！"

吴焕先："另外的八千人呢？这就是说，我们损失了过半的红军！"

徐海东不语。

"他们，不止死于战斗、疾病、饥饿，还有'肃反'！"焕先继续说。

徐海东难过地说："保卫局'肃反'杀了不少！"

"为了保证革命队伍的纯洁，有必要清除一大批反革命！"一个保卫局领导感到话音刺耳，反戈一击。

"哼哼！"焕先正要反击，却一眼发现几个侦察员跑了过来。

"侦察回来了！"他问，"情况怎么样……"

一个侦察员表情严峻："军长，敌情有变！白军调集了几万军队，从四面八方赶往七里坪，企图包围聚歼我军。"

另一个开口说："军长，情况严重啊，迟一步，就要全军覆没呀！"

众人倒吸一口凉气。

吴焕先像挨了一顿闷棍，他机械地重复着警卫员的话："全军覆没，全军覆没……不！我要见省委，我们要撤围！"

省委驻地。

徐海东和郑位三在交谈。

徐海东："情况严重！"

郑位三："情况严重！"

徐海东："不能再拖了！"

郑位三："对，不能再拖了！"

他们的对话被沈泽民和吴焕先更大的争吵声所淹没。

沈泽民一边焦躁地踱步,一边叫嚷:"骑虎难下!骑虎难下!骑虎难下!"

吴焕先声音更高:"撤围!撤围!坚决撤围!马上撤围!"

月夜,万籁俱寂。

围攻七里坪的红军紧急行动起来。战士们小声传递着"撤!撤!撤!"的消息,互相搀着、扶着、背着、抬着,静悄悄地爬出了战壕,离开了阵地。他们匆匆地朝前走去,谁也不想回头多看一眼阵地。

半边弯月高悬,敌人还在酣睡。

吴焕先肩扛四支步枪,立在小山岗上,看着部队撤离。他对跟上来的警卫员说:"通知老经理先头出发,到前站筹集一点粮食,让部队吃上一顿饱饭。"

警卫员答应一声朝前跑去。

吴焕先转过身来,痛苦地瞅了一眼这片土地。他右臂一甩,做了个断然诀别的手势,跟上部队出发了。

这时,远处传来一两声鸡啼。

朝阳从东方升起。

夏日的早晨,山野葱绿。路两边的花花草草,凝聚着点点滴滴的露珠,在阳光下晶莹闪亮。一支队伍远远走来,战士们饥疲交加,困顿不堪,一个个左摇右晃,东倒西歪……

吴焕先艰难地走在队伍中,身上背着的四支步枪磕绊着,发出叮叮咣咣的声音。看着散散乱乱的队伍,他从队列里跨出来，站在路旁的石头上，瞪着充满血丝的双眼，严厉地看着大家。

这是一道无言的命令，队伍立刻振作起来。

指战员们敬畏地从他身边走过，不少人扔掉了拐棍，互相搀扶的也挣脱开来，振作精神朝前赶去。队列里，响起了口号声：

"同志们，加把油呀，困难算不了什么！"

"赶到十丈山就是胜利！"

……

"快走！快走！""老实点！"一阵粗野的吆喝声从后面传来。吴焕先回头一看，见是四五个五花大绑的战士，被一名保卫局干部和几名干事押来。他不由得一愣，迎头截住了他们。

"站住！"

保卫局领导走过来："军长。"

"他们犯了什么罪？"

"他们是反革命！"

"哦？"吴焕先问战士们，"你们干了什么？"

"我，我们，都怪我们混账，掐了老百姓的青麦穗……肃成反革命活该！活该！"战士们说。

"噢！"吴焕先松了一口气，对保卫局领导说，"把他们放了！让他们好好检讨！"

"这？"保卫局领导不情愿。

"放！责任我担！"

捆在几个战士身上的绳索被解开了。

"给，一人一杆枪，回连队吧！"吴焕先把身上的重担卸去了。

突然，警卫员骑着一匹马，飞也似的从前面跑转来，他一骨碌下来，结结巴巴地说："军……军长，你快骑上马，到……长冲，到长冲甘渣岗去！事情……要紧得很！"

"什么事这样急！"吴焕先莫名其妙地问。

"不知道。老经理告诉我的，叫你……快、快去！"

"噢，粮食弄下了没有？"

"老经理说，麦子快熟了，能吃了！你快去吧，去吧！我还得弄……弄上一副担架！"

吴焕先跨上马，向前奔去。

马把树木、山峦抛在了后面……

甘渣岗，草木葱茏。

一只山羊在山坡上吃着青草，手牵羊绳的放羊娃噙着泪水，一群战士和群众默立在野草丛中，一切是那么肃穆……

吴焕先骑着马儿赶到，脚刚一落地，老经理已经迎上。

"七相公，"老经理热泪纵横，"你媳妇，她，她……死在这里了！"

"什么……"吴焕先吃惊地张开了嘴巴，疑问地看着老经理。

"她是……被，被这个放羊娃发现的，人们还不知道她是谁。听说刚刚咽气不久，不久……"老经理泣不成声。

"啊！"吴焕先的眼泪大滴大滴落下来了。他失魂落魄地冲到妻子身前，双膝跪了下去，哽咽道："六姑，六姑呀，我的六姑……"

俊秀的曹干仙倒在绿草丛中，身上还是穿着那件旧布衫。那块常顶在头上的印花布头巾，变成了蒙脸布。红亮亮的朝霞，绿茫茫的野草，明晃晃的露珠，还有那五彩缤飞的花朵，裹着一具朴实无华的尸体。她身边，放着那只小竹篮儿，里面依然是几样野菜，几颗发黄的麦穗。

"六姑，你就这样离开我了，离开你的七相公了……"吴焕先伤心欲绝，轻轻揭开妻子脸上的头巾，揪心地看着妻子。

曹干仙往日秀丽的容颜，已经失去血色，变得苍白。紧闭的嘴唇，紧咬着一支鲜嫩的蒲公英——杆儿已经吞进喉里，嘴角只留下一朵黄花……

焕先怜爱的泪水，吧嗒吧嗒地滴落在妻子的脸上。他从腰里抽出毛巾，细心地为曹干仙擦洗着脸颊。

"让开！让开！"警卫员领着一副担架，急急忙忙赶来。一见倒卧在地上的曹干仙，突然恍然大悟，放声大哭："嫂子……嫂子啊！"

"她……她说是害喜了！嫂子，我对不住你呀！我……我忘了告诉军长了，呜呜呜……"

吴焕先诧异地站起来，泪眼模糊地望着警卫员。

"都怪我这个糊涂长辈！唉！我当时也看出来了，就是

大别山红色经典故事　090

开不了口！"吴维儒愧疚地蹲下，捂住了脸。

人群中，一片唏嘘……

吴焕先一拳砸在自己腿上。

小山羊泪眼巴巴地望着人们，"咩咩"地哀叫着……

警卫员和两个抬担架的战士含泪地用铁锹挖土，几个群众也主动上前帮忙。

吴焕先打开自己的背包，取出了军毯。他蹲着把妻子裹了起来。

吴维儒在他身后生气地争辩："不，不行！我要把她送回四角曹门，装棺安葬！你，你怎么这么任性，听听大叔的话吧！"

吴焕先没有作声，他细心地把妻子裹好了。

老经理更气了："你嫌她没有上过战场，不能和浴血拼命的战士们相提并论吧……可她，在最严重的断粮关头，却把千辛万苦讨来的'百家粮'，送到阵地上！自己，却饿死在……饿死在这里！凭这，也应该……应该送回家，立上块墓碑！"

吴焕先站起来，他难过地说："大叔，我心里很难过！我对不起六姑呀！我欠她的实在太多太多了……大叔，但你也听我说几句吧……对六姑来说，死后能够遇上丈夫，还有乡亲们，也很难得！这些年来，我们看到的千人井、万人坑，还少吗？死了多少人……够叫人伤心的了！六姑能安葬在甘渣岗，总比叫敌人抓住枪杀——要好得多呀！"

"好好,我就听你的,听你的!"吴维儒抹着眼泪,点了点头。

"大叔,六姑的事,托你料理了!部队,还急需我去指挥!"

"好、好,军情紧迫,你放心走吧!"

吴焕先最后又深情地凝望了一眼裹着军毯的妻子,毅然翻身上马,泪眼模糊中,骑马向远处急驰而去。

一座新坟在草木葱茏的山岗上崛起。在时断时续的低泣声中,老经理、警卫员和战士们在新坟前面默哀致礼……

大别山女儿肖国清

林海平

将军故事知多少，肖氏村中晓。

毕生征战保边疆，更有国清鲜血染山梁。

平生最敬英雄色，生死谋民策。

寂然无语伫湾头，往事如烟历历眼前浮。

这是鄂豫皖苏区首府革命博物馆前馆长汪心恩写的一首诗，诗中的"肖氏村"就是肖家湾。肖家湾有30多户人家，200多口人，居民多数姓肖，村前是倒水河，所以村子取名肖家湾。肖家湾是一个有名的湾，走出了五位共和国将军、两位省部级领导，有九十七名著名烈士，诗中的"国清"就是其中一位，全名肖国清。

1917年的春天，肖国清出生在一个贫苦农民家庭。10岁那年，家乡减租减息，打土豪分田地，斗倒了地主，建立起红色政权。在党的领导下，苏区政府大量普及工农教育、少儿教育，村村办起了列宁小学，课程设置有国语、算数、音乐、图画、体操、社会活动、劳作等。在国语课本中有《反对帝国主义歌》《租界》《地主》《穷人歌》《诉苦歌》《国际歌》《国耻歌》《游戏歌》等。1928年，肖国清背起书包进了列宁小学。她有一副好嗓子，除了上课外，老师还特别教给她很多革命歌曲。从那以后，不管在校园内、乡间小路上，还是倒水河边，人们都能经常听到她那动人的歌声。她最喜欢唱的是《穷人歌》：

穷人好心伤，

冷天无衣裳；
吃的野菜饭，
喝的苦根汤；
一年做四季，
都为别人忙。
……

还有《游戏歌》：

树上鸟儿鸣，
花坛花儿馨，
校园环境美又新。
读的书儿新，
唱的歌儿新，
做做游戏长精神。

  肖国清的歌声吸引了革命领导人的注意。一天下午，在放学回家的路上，她放开嗓子唱着歌，正好遇到了吴焕先。吴焕先看她的歌唱得有模有样的，就问她愿不愿意参加革命宣传工作，肖国清欣然答应。
  第二天上午，肖国清来到倒水河岸边的沙滩上，只见那里人山人海，红旗招展，新搭起的土台子上正在演文明戏——《活捉地主恶霸吴惠存》。"吴惠存"头戴礼帽，身穿马褂，手拄文明棍，腰插盒子枪，带领几个狗腿子正在吊打一个贫苦农民。忽然,"砰"的一声枪响,一个英俊的青年农民带领一群农民自卫军,手持大刀、长矛冲上来,救了贫苦农民,活捉了大恶霸"吴惠存"。戏演完了,扮演吴惠存的演员脱下戏装,摘下假胡子,肖国清这才看清原来是昨天在路上遇见让她参加宣传工作的吴焕先。

这时只听见吴焕先在台上喊:"肖家湾的肖国清来了吗?请到台上来!"她心里直扑腾,有人替她答应一声:"来了!"便拉住她来到后台,吴焕先亲切地握着她的手说:"你上台唱个歌好吗?"

"我有点害怕,没上过台。"她眨动着那双大眼睛,害羞而胆怯地说。

"不必害怕,你看我不是刚演过戏嘛,台下都是咱们的农友们、家乡人嘛,有什么可怕的呢!"

她鼓起勇气走上台,开口唱了起来:

月亮一直照高楼,
穷人生活不自由,
思想其实在难受,
哎哟哎哟,
思想其实在难受。
地主住的楼上楼,
穷人住的茅庵头,
进门来还要低头。
地主吃的鱼和肉,

穷人吃的窝窝头,
稀糊粥还要断流。
地主穿的绫罗绸,
穷人穿的破袄头,
补丁补还要露肉。
穷人世上无路走,
快快起来斗地主,
分田地求得自由。

农民快快要觉醒,
天天起五更,
回家披月星。
热天里,
冷天里,
昼夜苦心勤,
昼夜苦心勤。
农民快快要觉醒,
一年忙到头,
衣不能蔽身。
农友们,
农友们,
暴动要革命,
暴动要革命。

她唱了一支又一支,唱得四周掌声起,唱得人们泪花流……

从那以后,她一边在列宁小学上学,一边当宣传员,不久又光荣地加入了共青团。14岁那年,她从列宁小学毕业,在本乡担任共青团书记,并加入了中国共产党。

就这样,小小年纪的肖国清,10岁开始投入到巨大的革命洪流中。她经常用各种身份作掩护,走村串户,宣传革命,深入敌穴,侦察敌情;她经常巧改歌词,放歌传信,向游击队传递消息。游击队根据这些消息,一次次打了胜仗,一次次化险为夷。一次在往连康山游击队送信途中,她被两个哨兵拦住,她机智巧妙地应对盘问。

一个哨兵开心地说:"小女子,那你就唱歌给我们听,才放你过去。"

"唱什么歌呢?"肖国清想了想说,"那我就唱一支农友和士兵的歌吧!"

于是她就唱起来:

农白:老总呀,你咋出来当兵的?想升官发财吗?

兵唱:因为在家受贫穷,少柴无米愁坏人,没有法子才当兵(哎咳哟),没有法子才当兵(哎咳哟)。

农白:当兵是很苦的呀,你出来当兵,你家里人同意吗?

兵唱:老娘急得双泪流,妻子拉住不丢手,农友呀!小孩儿急得直碰头(哎咳哎咳哟),小孩儿急得直碰头(哎咳哎咳哟）。

肖国清唱得哨兵的眼圈都红了，她最终顺利脱险。

1932年10月，红四方面军离开大别山，国民党反动派对根据地进行"清剿"，实行烧光、抢光、杀光的"三光"政策。11月30日，奉命留守的七十四师、二十七师同当地红军游击队合编重建红二十五军，军长吴焕先、政治委员王平章，在省委的领导下，坚持鄂豫皖苏区武装斗争。

1933年8月，红二十五军转移去了皖西，鄂东北根据地只留下十几个人的队伍坚持战斗。国民党"剿匪"司令部指使光山县民团团总易本应，携带2000余团丁侵犯箭厂河地区，实行"移民并村"，妄图孤立消灭我红军和游击队。他们恶毒地提出"匪尽民尽"的方针："人要并村，山要倒林，赶尽杀绝，斩草除根。"

易本应是光山马畈当地有名的"人物"，任民团团总、清乡团团长、枪会会长。手下有一支国民党反动武装，最红火时，达数万人。他一生致力于扼杀共产党的红军武装和力量。

清乡团在易本应的带领下到处奸淫烧杀，搜捕共产党员，移民并村，无恶不作。作为红军游击队的交通员——肖国清，在一次又一次残酷的"清剿"中，勇敢顽强地战斗着。

在一次激烈的突围战斗中，为了掩护群众撤离，肖国清不幸落入清乡团手中，敌人把她带到清乡团部，易本应亲自上阵，先用言语哄骗说："只要你在自首书上签个名字，说出游击队在哪里，就马上放你回去。"

肖国清冷冷一笑拒绝了。

易本应本来没把肖国清这么个小丫头放在眼里，心想：只要一折磨，她马上就会求饶的。

敌人把她捆在柱子上，用皮鞭猛抽，把肖国清打得皮开肉绽。然后他们用凉水浇，再用手指粗的香火烫。

"谁是共产党员？"

"我是！"

"还有谁？"

"不知道！"

在严刑拷打面前，肖国清毫不畏惧，要么冷笑，要么只有三个字："不知道！"

恼羞成怒的易本应吼道："你说不说？到底说不说？"他让打手将肖国清的头发一缕一缕地拔下，头发都快拔光了，鲜血顺着头皮流下来，肖国清仍咬紧牙关。易本应又令打手拿来竹签，把竹签一根根钉进她手指里。

"说不说？"

"还是不知道。"

"不说？往死里钉。"

一根、两根……十根。

十指连心啊！肖国清痛得昏死了过去。当她醒来的时候，已躺在监狱的乱草堆里。

第二天清晨，妈妈带着小弟肖永春来看望她。肖国清

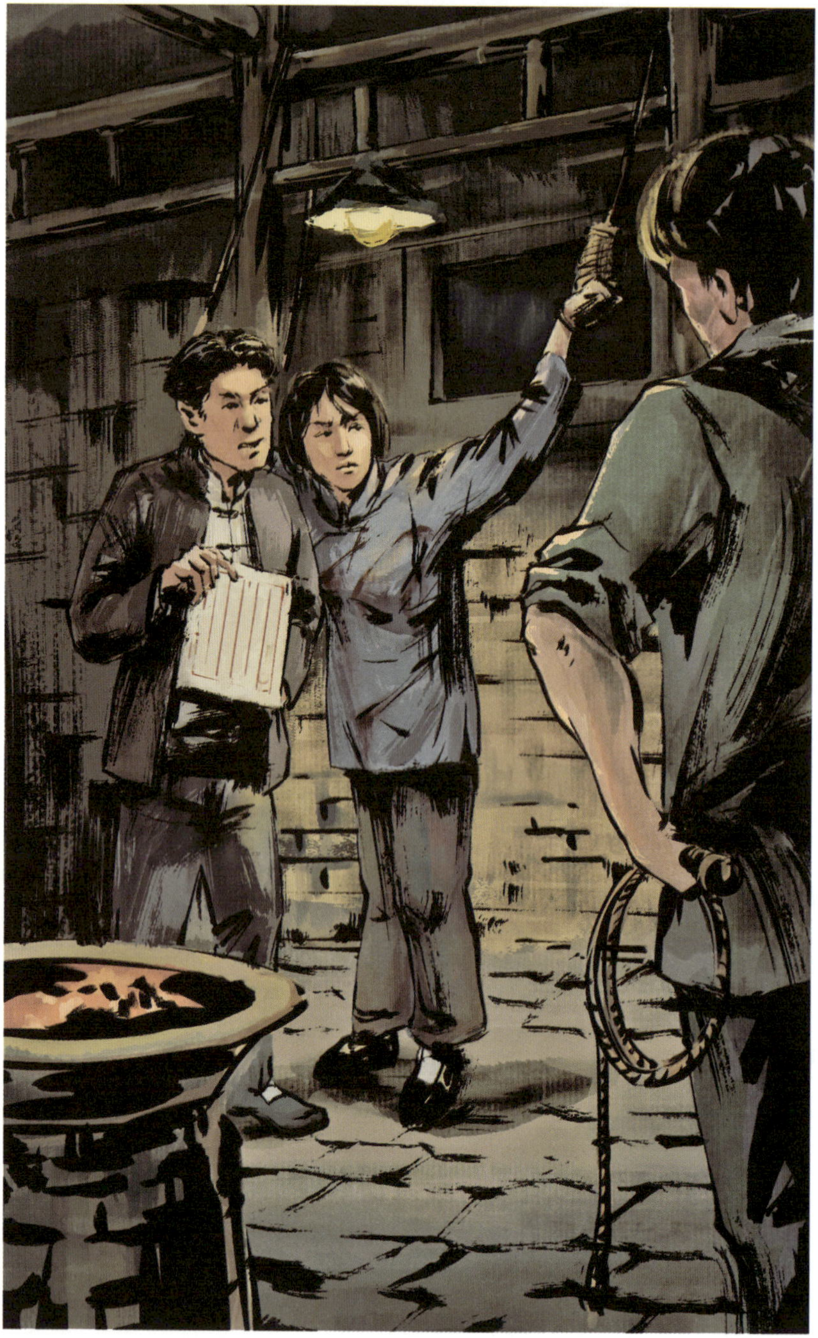

双手捧着妈妈伤痛欲绝的脸，看见可怜的妈妈原来的黑发已斑白，满脸的皱纹，如同沟壑，显得那么苍老，忍不住失声痛哭。

"妈，我这个不孝的女儿连累了您呀！我只望革命胜利了，好让您老人家过几年好日子。"

"孩子，你不要再说了，是妈妈对不起你呀！你长这么大还没穿过一件好衣服，没吃过一顿好饭。"妈妈从手巾包里拿出几个熟鸡蛋，递给她。肖国清看着妈妈，又看看在一边痛哭流涕的弟弟，把鸡蛋塞给了弟弟。

当天深夜，易本应亲自带领几个匪徒，把肖国清从监狱里押到一个偏僻的山洼。

"肖国清，现在回心转意，还为时不晚，你小小的年纪，死了可惜啊。"易本应冷笑着说。

"肖国清，这是你最后的机会，再不说就活埋了你。看看吧，活埋你的坑已经挖好了。"易本应像一头暴怒的疯牛。

肖国清看看穷凶极恶的敌人，她知道这是自己最后的时刻了，但是依然从容淡定。她想起了装扮成小姑娘卖花生的情景；想起了装扮成放牛娃传递情报的情景；又想起了家乡那块稻田，土地一片殷红，几百个革命同伴在那里牺牲了。她的嘴角微微上扬，心里默念着：共产党员是杀不光的，杀死一个共产党员，会有千千万万个共产党员站起来。

在临刑的最后时刻，她唱起了庄严的《国际歌》：

起来，饥寒交迫的奴隶。

起来,全世界的受苦的人!

……

在这沉寂的黑夜里,歌声显得特别嘹亮,在幽深的山谷久久回荡……

肖国清,纵身跳进了挖好的深坑。一位英雄女儿,献出了她年仅 16 岁的宝贵生命,永远安息在大别山的怀抱里。

肖国清,用青春和热血铸就了一名共产党员的风骨忠魂,以短暂的年华树起了一座精神的丰碑。

巾帼英雄戴醒群

叶希武

大别山的风，大别山的雨，风风雨雨在呜咽；

大别山的山，大别山的岭，山山岭岭在垂首；

大别山的花，大别山的草，鲜花芳草在默哀；

大别山在思念呼唤，思念呼唤着她英勇逝去的女儿戴醒群——归来兮，魂兮归来！

一、革命大家庭

戴醒群，1917年出生在黄安县七里坪镇上戴家村一个书香门第。她的父亲戴叔先，是鄂豫皖苏区早期的一位医生，参与创建了第一所红军医院。堂兄戴克敏，是黄麻起义的领导人之一。她从小就受到父兄革命的影响，11岁参加了儿童团，并在伯父戴雪舫任校长的郭家河列宁高级学校读书。1932年春，红军医院到该校招收看护员，她与同校读书的堂姐戴觉敏一起，报名参加了红军，成为红军医院的一名看护。经过一段时间的刻苦学习和实践，她成为一名技术熟练的优秀医官。

戴醒群家一门忠烈，全家有十四人参加革命，其中十一人英勇献身，二人病逝在工作岗位，仅有堂妹戴觉敏一人幸存。她的十叔戴先诚在1927年12月5日黄安城突围战中壮烈牺牲；二伯父戴先治和四伯父戴先致于1928年同一天被敌人押到紫云程芳村凌迟处死；三伯戴伯先在白区做地下党的工作，由于叛徒告密在黄安城落入敌手，也于1928年遇害；堂兄戴道溥1929年在反"会剿"中被敌机炸死，装殓时已体无完肤；堂弟戴道高曾任黄安农民自卫队队长，参加黄麻起义和根据地反"会剿"斗争，1930年在麻城乘马岗作战时牺牲；堂弟戴道深1930年11月在攻打黄陂姚家集战斗中身负重伤，疗伤时不幸被捕，同年底在檀树岗英勇就义；1932年春，堂哥戴克敏被张国焘错误杀害于河南新集；伯父戴雪舫于1932年9月在新集掩护学生转移时，被敌机炸伤，经抢救无效牺牲；父亲戴叔先于1932年10月在"肃反"中被诬陷杀害；戴醒群含悲忍痛，在风风雨雨中一直坚持大别山革命斗争，但不幸于1939年9月在夏家山被捕，她宁死不屈，遭国民党反共顽固派残酷杀害……

二、年轻医术精

在鄂豫皖苏区红军总医院，戴醒群勤奋好学，对医疗技术精益求精。每到一地，她都注意收集医务书籍，认真阅读，反复钻研，因此业务知识和技术水平提高很快，在较短的时间里，便成为小有名气的"女医官"。她把误解、磨难和苦痛埋在心底，把美好留给了人间；她像春风一样和睦，像朝阳一样温暖，把微笑送给每一个同志；她用爱和医术给伤病员带来了生命的春天……

1932年10月，红四方面军被迫撤离鄂豫皖苏区西进，留下大批伤病员需要治疗和看护，戴醒群全身心地投入到医疗活动中。正在这时，一件给她带来极大痛苦的事情发生了。她的父亲戴叔先，在"肃反"中被莫须有地打成"改组派""反革命"，并不由分辩地被错杀了。父亲含冤而死，像一道晴天霹雳击伤了她的五脏六腑。她怀着沉痛而气愤的心情说："院长，请您给我一支枪，让我上前线吧，杀敌牺牲才算光荣！再在医院干下去，说不定哪天我也被'肃'掉了，我不想不明不白地去死。"她向医院领导表达了自己宁愿战死不愿冤死的思想。院长告诉她说："医院就是我们的战场，我们把伤员的病治好了，他们回到前线又能杀死敌人，比你自己上前线的作用更大。"听了院长的话，她放弃了要求上前线杀敌的念头，决心安下心来在医院认认真真地干下去。

1934年11月，红二十五军离开鄂豫皖根据地长征时，设在天台山地区的红军总医院里还收容了200多名伤病员。为了他们的安全，戴醒群又主动留下，继续坚持后方医院工作，想方设法克服各种困难，救治伤员。一有机会，她就把留在医院工作的青年集中起来，讲授有关医务学、药物学、绷带学等方面的基本知识，教他们战场救护方法和简易外科操作。

红二十五军长征后，敌人加强了对大别山的封锁、搜查、"围剿"。伤员越来越多，不仅医疗条件越来越差，连吃饭都很困难。戴醒群只好将轻伤员化整为零，分别送到老乡家中隐蔽和治疗；有时还躲进山洞里给重伤员做手术。

戴醒群经常饿着肚子为伤员做手术，有好几次都晕倒在手术台上。她这种忘我的工作态度，深深地感动了伤员，也感动了医院的领导。1935年，18岁的戴醒群光荣地加入中国共产党，并由医官提升为医务主任。

当时，治疗外伤的药品极少，硼酸、灰锰氧一类的药品很难弄到。没有药品，她就带领看护们攀悬崖、爬峭壁，到深山老林里去采药，用中草药为伤员消炎治伤。医疗用品匮乏，就自己动手，用山上的竹子削制镊子，用洋伞骨子制作探针。有时弄不到棉花敷料，就把破棉袄里的棉花撕下来，清洗消毒代用，或把破被单拿到山沟洗一洗，放在脸盆里煮一煮，用来作敷料。绷带有时也是用旧被单、旧衣服来代替。

戴醒群把伤病员看作亲人。有一次战斗结束后，有100多名伤员被送到后方医院，戴醒群见状，立即把医务人员分成几个小组，分头救治护理，她负责给一些重伤员做手术。那时，能做手术的医官很少，她一天要给十几个人做手术，顾不得吃饭、睡觉，实在疲劳了，就地躺一躺，或用凉水冲冲头，又继续坚持工作。红军战士张经发在一次战斗中，大腿骨被打断，弹头卡在骨头里，伤口化脓，经常疼得死去活来。戴醒群得知情况后，连夜翻山越岭，赶十多里山路，在简陋的条件下，细心地给张经发做了手术，取出了碎骨和弹头。中华人民共和国建立后，张经发每谈及此事，忆起戴醒群，总是忍不住热泪纵横，泣不成声。他激动地说："我这条腿，要不是戴医生救治，恐怕早就完了，我也活不到现在。"

三、坚贞女英烈

1937年3月的一天，戴醒群在护送伤员去老乡家中时，被"清剿队"的敌人发现。她在与敌人交火时不幸负伤被捕。敌人将她关押在县城监狱后，为了得到更多情报和伤员的隐藏地，对她进行严刑拷打，并将她的右手打断。在这种情况下，戴醒群不仅坚贞不屈，而且号召监狱的其他人员团结起来，与敌斗争。

抗日战争爆发后，被国民党关押半年之久的戴醒群被释放了出来。1938年2月，红二十八军被改编为新四军第四支队东进抗日。由张体学领导的鄂东抗日游击挺进队继续在根据地坚守，戴醒群被调至挺进队任医务主任，并在1938年底和队长张体学结婚，结为革命伴侣。新婚的生活是甜蜜的，但是，为了革命工作，他们常常聚少离多，他们把思念压在心头，常常互相鼓励，忘我奋斗。

1938年12月，鄂东抗日游击挺进队为了在国共合作时争取解决部队的给养问题，主动与国民党第二十一集团军谈判，经过协商，决定将挺进队改编为"国民革命军陆军第二十一集团军独立游击第五大队"。张体学率领五大队，经过多次战斗，到1939年上半年，由原来的730人发展到1300余人。这时国民党顽固派不仅不供给五大队武器装备和军需粮饷，而且于8月中旬调集10倍于五大队的兵力，对五大队驻地夏家山重重包围，并对五大队发起进攻，逼迫五大队退出根据地，制造了震惊全国的"夏家山事件"。

1939年8月31日，五大队实施突围，敌人发起了猛烈进攻，企图聚歼五大队。五大队进行了坚决抵抗，随后分路突围。张体学带领警卫队、手枪队从千重围困中奋力杀出。怀有身孕的戴醒群，带领伤员跟随其他分队突围，途中力尽不幸被捕。敌人抓住戴醒群后，知道她是张体学的妻子，如获至宝，对她严加看守，严刑审讯，多次劝降不成，还用酷刑威逼她投降，要她发表与张体学队长脱离夫妻关系的声明。面对生的诱惑，戴醒群严词拒绝了敌人，她冲着审讯的保安团长说："你们这些卖国贼，不去打日本鬼子，来'围剿'抗日的新四军，你们的良心被狗吃啦？你们根本不配当中国人！"残暴的敌人，对她施加了各种酷刑，要她供出张体学的去向，但戴醒群始终坚贞不屈，视死如归。敌人得不到任何口供，恼羞成怒，杀人灭口。他们灭绝人性，将戴醒群绑在一棵大树上，用极其残忍的分尸手段残酷地将她杀害。其状惨不忍睹，连在场的保安团人员都闭上眼睛，不愿目睹这一人世间的暴行。就这样，大别山英雄的女儿，一个腹中孕育着新生命的母亲，倒在了血泊之中，倒在了万恶的敌人屠刀之下。那一年，她有着花的年纪、花的芬芳、花的美好——仅仅22岁，就这样献出了宝贵的生命。

当张体学知道戴醒群被敌人残害的消息后，他为失去自己亲密的爱人和还没有出世的孩子,悲恸欲绝。他强忍悲痛，聚集突围出来的战友，合编入李先念领导的鄂豫挺进纵队。当同志们听到戴醒群英勇就义的事迹后，无不被她大无畏的

113　信念之花

革命精神所感动。张体学写了一篇《纪念革命烈士戴醒群同志》的文章,缅怀逝去的爱人,赞颂她的"伟大的无产阶级革命气节"。

归来兮,魂兮归来!大别山卓越的女儿,大别山的巾帼英雄……

舍身跳崖的晏春山

韩 维

巍巍的大别山，层峦叠嶂；

巍巍的大别山，流传着一个女英雄的故事，一个女英雄的传说……

在河南省新县西南面的鄂豫两省交界处，矗立着一座雄伟的山峰——鸡公寨。山上有一处沟壑幽深、壁立千仞的悬崖，名叫大花台，这里是共产党员晏春山烈士拒敌跳崖壮烈牺牲的地方。苏区人民在这里修建了一座纪念碑，永远缅怀先烈的英雄事迹。

晏春山，1893年出生在湖北黄冈一个贫苦农民家里。14岁因生活所迫，到武汉纱厂当童工，后来与码头工人潘家年结了婚。1926年冬，北伐军攻克武汉以后，党动员了很多有觉悟的工人、青年学生，回到农村去宣传革命。晏春山和丈夫响应党的号召一起回到河南新县郭家河潘湾。不久，他们便与当地党组织负责人阮德成取得了联系。在党组织的教育和培养下，她进一步懂得许多革命道理，自觉地为党做工作。1927年冬，她在郭家河附近的杨家洼光荣地加入了中国共产党。

1928年6月，工农革命军第七军开辟柴山保（郭家河属柴山保地区）革命根据地。晏春山同志不分昼夜地协助革命军，为建立和巩固这块根据地积极工作。1929年7月1日，鄂东特委发动柴山保附近的万余农民举行了"白沙关暴动"，晏春山和党的其他负责同志一起，带领潘湾一带的贫苦农民奋勇参战。白沙关暴动胜利后，她担任光山县弦南区第四乡妇女会主席。她工作积极，吃苦耐劳，翻山越岭到各村宣传参加红军和支前的意义，深入细致地做群众的思想工作，组织广大妇女积极拥军支前。由于晏春山同志的辛勤工作，1929年冬，第四乡一次就有30多个青年参加了红军。

1934年秋，红军主力先后撤离了鄂豫皖根据地，接着敌人便疯狂地向根据地人民进行反扑，党组织只得转入地下活动。情况复杂，斗争更加艰苦。这时，晏春山同志担任潘湾党支部副书记，她按照党的指示，一面隐蔽主力保存实力，一面积极组织群众，配合游击队继续坚持革命斗争。当时，她的丈夫潘家年已经参加了红军，家中只有一位80多岁的婆母和三个幼小的孩子，生活十分困难。但是，晏春山同志冒着白色恐怖的威胁，不顾家庭的困难和个人安危，千方百计为革命工作。她经常提着篮子以卖油条、香烟为名，来往于七里坪、郭家河一带，进出于国民党的兵营、敌人的巢穴，为红军游击队搜集情报，散发传单，为党的地下活动做出了许多贡献。

一次，她进敌据点卖香烟时，探听到郭家河的敌人准备偷袭我驻卡房仰天窝的鄂东北道委和游击队的消息，她心急火燎，连夜翻山越岭，绕过敌人的层层封锁线，及时通知道委和游击队，让他们火速转移，使敌人的袭击扑了空。

红二十五军在1934年11月撤离大别山时，留下了一些伤病员，上级党组织把隐蔽在一处秘密岩洞里的伤病员交给晏春山同志掩护。她一边积极组织群众上山送盐，一边想法增加伤病员的营养，动员一名屠夫杀了两头肥猪送进山洞。

在白色恐怖下，地下党的工作虽然非常困难，但由于晏春山同志对革命事业的忠诚和出色的工作，革命群众团结一心，为红军游击队刺探敌情，购买西药，联络消息，掩护伤员，做了许多工作。因而潘湾被红军游击队称作"革命堡垒湾"。

1935年5月17日，由于坏人的告密，晏春山同志不幸被捕，敌人把她带到郭家河匪军团部，进行审讯和拷打。

敌人使用灌辣椒水、上压杆、钉竹签、烙铁烧等酷刑，妄图从她嘴里得到地下党和游击队的情况。然而，晏春山同志坚贞不屈，大义凛然，她忍受着极度的痛苦，坚守自己的信念——我是一个共产党员，决不能在敌人面前给党丢脸，为了保存革命力量，保守党的机密，就是粉身碎骨也在所不惜！

她守口如瓶，丝毫没有暴露组织的任何情况，弄得敌人一筹莫展，无计可施。但是，敌人并不死心，想以死来威胁她投降。

最后的时刻到来了。

这一天，空气沉闷，太阳毒辣，残暴的敌人把她双手反绑起来，威胁她说："今天你要带着我们去找游击队，要是能找到，就立即放你回去，你的孩子还正在等你哩；要是找不到游击队的话，你就别想回去了，就用石头把你砸死在山上！"

面对凶恶的敌人，晏春山宁死不屈，对敌人的威胁嗤之以鼻。她面不改色，迈着坚定的步子朝山上走去。后面紧跟着一大群荷枪实弹的匪兵。晏春山从容地走着,她放眼望去,郁郁群山葱茏苍翠;道道流水,清澈澄碧。多么熟悉的山水,多么可爱的家乡!这是一个十分美丽的地方,风光如画,四季分明,物产丰饶。这里的山山岭岭都留下了她的足迹,她和丈夫在这里生活,在这里劳动,在这里战斗;这里有他们的欢乐,有他们的奋斗,有他们年迈的需要赡养的老人,有他们牵肠挂肚、年幼的难以割舍的儿女,有那么多伤病员需要她照顾,有那么多的战友和她一起在战斗,她多么眷恋美好的生命啊!她怎么能没有活下去的渴望!但眼前那一片片被敌人烧塌的房屋,一群群面黄肌瘦的难民,更激起了她对反动派的愤恨。她怒火中烧!大好的河山,勤劳的人民,竟遭白匪如此蹂躏!她知道,没有奋斗和牺牲就没有人民翻身解放的新生活。她坚信,黑暗的日子不会长久,革命一定能够成功,穷苦人民一定能够得到翻身解放!

作为一名普普通通的劳动妇女,是党培养教育了她;她是党的女儿,她对党的事业怀着坚强的信念,她深深懂得革命的胜利是要用鲜血和生命换得。今天,党需要她这样做,为了保存力量,为了同志们的安全,死得其所,死得光荣!

她从容地走着,极目凝视着山山水水,眼睛里流露着不舍的神情,似乎在说:"永别了,亲爱的同志们!永别了,可爱的家乡!"

山风轻抚着她,山花映照着她,她显得那样美丽和圣洁!她毅然决然地领着敌人,大步朝着远离游击队驻地的鸡公寨走去。当她走到大花台顶时,她看到了云水翻腾,万

121　信念之花

丈峡谷,她从容地一笑,转身面对群敌,昂首挺胸,横眉冷对,轻蔑地说:"狗强盗,吃人的野兽,你们的日子不会长久的,共产党人是杀不绝的,红军游击队就在这崖下边,跟我一块儿去找吧!"

敌人目瞪口呆,想上前去抓住她,但已经来不及了。悬崖边,晏春山最后奋力高呼:"中国共产党万岁!红军万岁!"

说完话,她纵身跳下悬崖,壮烈牺牲!

青山垂首,绿水呜咽……

这位普通的女共产党员,为中国人民革命事业谱写了一曲悲壮的英雄之歌。她的名字将永远铭记在苏区人民的心中。

用生命守护党的秘密

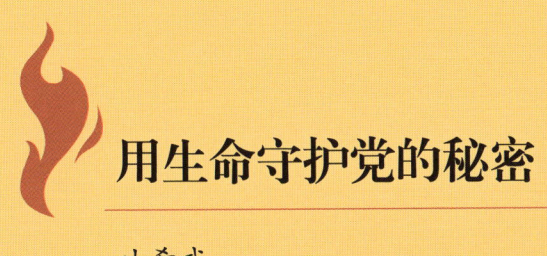

叶希武

她,为人女,为人妻,为人母!

她那么年轻,还是如花的年纪……

但是,在她分娩刚过三天,为了保护同志,为了党的秘密,她和初生的婴儿便献出了宝贵的生命……

她是大别山优秀的女儿哟,她是党的女儿、人民的女儿……

大别山的湖北麻城地区有个风俗,把死在月子里的产妇叫"月里大娘"。万永达就是当地最有名的"月里大娘",但她,不是死于疾患,也不是死于意外,而是为了守护党的秘密勇敢赴死,虽死犹生……

1906年,万永达出生于麻城乘马岗肖家河村的一个贫苦农民家庭。10岁时被富家老爷盯上,父母被迫送她去做了童养媳。

1927年春,她参加了共产党的秘密组织,从事农运宣传工作。她为人机敏刚强,疾恶如仇,常在夜晚走村串户,宣传共产党的政策,鼓动乡亲们起来打土豪、分田地。在地主豪绅眼中,她是"共产婆""土匪婆",乡亲们却把她叫作"女菩萨"。

1928年,她光荣地加入了中国共产党。1929年,她被选为肖家河村的村长,同年8月,又被选为乡苏维埃代表。1930年,她担任顺河区十一乡苏维埃主席。1931年,她担任顺河区苏维埃委员兼十一乡妇女主席。

1932年秋天,国民党地方武装清乡团、联防团等在乘马岗一带四处"清剿",捉拿万永达。在极其险恶的环境中,万永达白天隐蔽在深山老林里,夜晚到群众家中做联络红军伤病员及失散党、团员的工作。

1933年冬月底,已经怀孕8个多月的她,被敌人清乡团围困在万字山的密林中,三天三夜水米未沾。组织上派人扮成上山砍柴的老乡掩护她脱离困境,并秘密护送她回到家中待产。

腊月初二这一天,是她小宝宝出生三天的诞生礼,本应是喜庆的日子,不想敌人把罪恶的双手伸向了他们母子。因为叛徒告密,国民党的联防团包围了她的家。

"万永达,我知道你在家里生孩子,赶快把门打开!"敌小队长凶狠地拍着她家的大门吼叫。

情况十分紧急,她首先想到的是家中一些党组织的文件,决不能落入敌手。她立即翻出藏在床底下的文件,快速烧掉。刚烧完,敌人就破门而入。

敌小队长叫道:"有人已经说了,你手上有共产党的名单,快把名单交出来!老实交出来呢,可保你们母子的小命;要是不交嘛,就送你们去见阎王!"说着,敌小队长向团丁们一使眼色,几个团丁一拥而上,将襁褓中的婴儿抢了过去。

"你们这些畜生,别动我的孩子!"万永达怒喊,"你们这些没人性的东西!"

突然,一个团丁像发现珍宝似的,从屋子角落里提出一只马桶来,指给小队长看:"队长,您看,这里面刚烧过东西。"

这时，万永达趁敌人不注意，从枕头下摸出一个什么东西，一把塞进了嘴里。

"你在干什么？"敌小队长像是察觉到了什么，一把将坐在床边的万永达拖了下来，恶狠狠地说，"给我搜！"团丁们把屋子翻了个底朝天，结果却一无所获。

敌小队长气急败坏地喊道："把她和孩子都给我带走！"

万永达从敌小队长手中挣脱，眼睛一瞪，扬起头，用双手捋了捋头发，对敌人说："你们把我的孩子放下，我跟你们走！"但敌人没有放下她的孩子。

敌人将万永达拉到肖家河村口的塘边，叫她跪下。万永达大义凛然："我是决不给畜生下跪的！"

"嘴还挺硬，我让你看看我的厉害！"小队长手一挥，一群团丁就冲上前来，对她这个虚弱的女子一顿拳打脚踢，生生踢断了她的膝盖骨。

万永达强忍着剧痛，怒斥敌人："要命有一条，共产党的事我一句话都没有！"

敌人恼羞成怒，把她的孩子高高举起来，威胁她说："再不说，就摔死他！"

一个母亲眼看着自己的孩子被伤害，却不能保护他，万永达心如刀绞，泪流如注，哭喊着："你们放过我的孩子，我的毛伢才出生三天啊！"

凶恶的敌人狠狠地将孩子摔在地上，甚至没有听到婴儿的一声哭叫，可怜的孩子就离开了热爱他的母亲，幼小的生命就这样被恶魔吞噬！

"毛伢啊！"丧子之痛，刻骨铭心！万永达不顾一切地扑向孩子，可孩子已经没有了气息。

她发疯似的扑向罪恶的敌人："畜生！禽兽！你们这些丧尽天良的东西，一定会遭报应的！"

敌小队长在冷笑，他看见悲恸欲绝的万永达愤怒地向他扑来，慌忙扣动了扳机，几声枪响，党的女儿万永达倒在血泊之中。

她的脸上带着无尽的悲伤，她的血映红了蓝蓝的天……

万永达牺牲后，乡亲们悲痛地将她埋在附近的乱石岗上。

1969年，当地政府为了纪念万永达，为她修了一座烈士墓。迁葬她的遗骨时，发现在万永达的遗骸的腹部位置，有一把已经有些生锈的小钥匙。

这把钥匙是怎么回事呢？这时，有人说，当年出卖万永达的那个叛徒后来在接受审判时交代了万永达牺牲时的一些细节，万永达在被捕时曾吞下一个什么东西，只是没引起旁人的注意。

钥匙的事传开以后，万永达的一位远房亲戚拿来一个锁着的梳妆盒，说是万永达生前交他保管的，一直不知钥匙在哪里。

人们用这把钥匙去开锁，还真打开了！打开梳妆盒一看，里面放着一叠发黄的稿纸，竟然是麻城乘马岗一带38名地下党员、1000多名红军失散人员以及革命堡垒户的花

129　信念之花

名册。

  原来，为了保护那份珍贵的花名册，万永达在被捕时吞下了那把钥匙……

清秋傲放的仙菊

董绍富

在大别山清秋时节，有一种金黄的小菊花在山脚、在田坎、在路边一簇簇尽情绽放，洋溢着蓬勃的生命力。

在宋埠、在大别山，人们至今还记得"钱庄老板"罗七姐清秀的模样，那是一朵清秋凌霜傲放的仙菊，把艰辛和困苦留给了自己，把美丽和希望留给了人间……

1915年的秋天，在麻城县（今麻城市）歧亭罗家笠村的一户罗姓贫苦人家，一名女婴呱呱坠地，父母给她取名为"仙菊"。

仙菊在兄弟姐妹中排行第七，人们常称她为"罗七姐"。仙菊在家最小，深得父母宠爱。仙菊小时聪明伶俐，十分乖巧。兄弟姐妹中，仙菊与六姐最好。

仙菊10岁那年春天，一场瘟疫夺去了父母的生命。父母最放心不下的就是六姐、七姐，逝世前一再叮嘱哥嫂们照顾好她们。

这时，大哥、二哥已成家，三姐、四姐已出嫁，三哥在宋埠一家店铺当伙计。

正赶上灾荒之年，租种罗姓地主的田地几乎颗粒无收。家里断炊断顿，无以为继。

大哥没有办法，决定将小妹仙菊送人家做童养媳，这样或许能活命。但仙菊一直不答应，宁愿饿死家中。

快过年了，罗家笼罩着一层厚厚的阴云。现在已借不到一粒米，野外根本找不到可食的野菜。

饥饿严重威胁着罗家上下。

仙菊的二嫂是黄安人，在娘家湾子里给仙菊找到一户人家。在二嫂的千劝万劝下，仙菊答应到别人家里待一段时间再说。

仙菊在父母坟前痛哭一场，磕下三个响头。她有太多的话要对父母说，但她深知在父母面前撒娇的日子早已过去。

小仙菊坚强地说："爹、娘，我已长大了，放心吧。我会经常回来看你们。"

在村头，六姐和仙菊相拥而泣。六姐拉着妹妹的手嘱咐说："在人家那里要听话，能做的活儿多做一点。"

仙菊随着来人上了山道，寒风吹着她那头上的两个小辫子不停地晃动，瘦小的身影渐渐消失在山的那边。

仙菊的新家是黄安县七里区的一个张姓人家。张家几个姑娘已经出嫁，只有一个小儿子，已15岁，智力低下，好吃懒做。这就是仙菊将来要嫁的男人。

仙菊在家里什么活儿都做，洗衣、做饭、打扫卫生，一天忙到晚。

1926年，北伐军攻克武汉三镇后，农民运动在大别山蓬勃兴起，农民协会广泛建立，广大妇女被发动起来，放足、剪短发、自由婚姻成为时代风尚。

为了把仙菊留在家里，仙菊的公婆强迫她缠足，仙菊坚决不从。给她缠一次，她就撕开裹脚布一次。最后把裹脚布完全撕毁，从家里逃出来躲在别人家里。

1929年，革命的烈火已燃遍黄安县七里区。仙菊参加了童子团。

当初，家里人极力阻拦，仙菊说："要么让我参加童子团，要么让我离开这个家。"

家里人只好让她参加童子团。村苏维埃张主席给她取名叫罗彩英，但人们习惯称她罗七姐。

罗七姐还参加了农民夜校识字班学习，每天识字5个以上，并懂得了许许多多革命道理。

罗七姐干练泼辣，担任童子团团长，带领童子团团员站岗放哨，查路条，送情报。

一次，张主席交给她一项重要任务，就是看守村中李姓大地主，防止地主家人逃跑和转移财物。罗七姐把村中儿童分三班，白天、夜晚轮班看守。三天后，苏维埃政府来接管时，人、财、物均未丢失。

1931年，罗七姐参加乡赤卫队，经常做筹粮、筹款的工作。在秋季大收税的时节，罗七姐走街串户，给县、区征税员带路，帮助征税员收税。说来也巧，只要罗七姐出面，税收工作就顺利得多。

在靠近白区的地方，有一个地主民团占据的山寨，匪徒经常在附近村庄杀人放火，抢劫财物，老百姓深受其害。

徐向前、王树声等率领红军来到山寨下，将山寨团团围住。

敌人凭险固守，红军久攻不下，伤亡很大。

罗七姐所在赤卫队积极配合红军攻打山寨，运送粮食，救治伤员，搜集情报。特别是罗七姐带领的妇女服务队，深受红军战士的欢迎。

妇女们把可口的饭菜送到阵地上去,把伤员抬下来安置在老百姓家中,重伤员送往后方红军医院。

每次罗七姐她们一出现,阵地上就一片欢腾:

"罗七姐来了!罗七姐来了!"

有一个小红军战士,叫郑猛子,只有十二三岁,问罗七姐:"罗七姐,有什么好吃的?"

"你想吃什么呀?"罗七姐反问道。

"你做的油煎饼!"郑猛子说。

"下次姐姐给你做。"罗七姐笑着说。

郑猛子说:"罗七姐,等革命胜利了,我要娶一个你这样的媳妇。"

"小孩子懂得什么!"罗七姐说。

"我懂得红军为穷苦老百姓打天下!"郑猛子郑重地说。

罗七姐说:"好啊,等革命胜利了,我当媒人,给你介绍一个媳妇,保管你满意。"

郑猛子又问罗七姐:"你家有妹妹吗?"

罗七姐说:"有啊,多着哩!"

一群红军战士大笑。罗七姐给血腥的战场带来了笑声,带来了希望。她已成为红军战士心目中的女神。

红军战士连续围攻山寨 10 余天,匪徒们已经支撑不下去了,趁夜色逃离山寨,被红军一举歼灭。

1932 年 10 月,红四方面军主力西征川陕后,鄂豫皖革命根据地绝大部分丢失。黄安七里区人民遭到敌人疯狂屠杀，罗七姐等苏维埃干部被迫转入地下活动。

1933年，罗七姐冲破封建婚姻制度的束缚，回到麻城县，与铁门茅屋补锅佬湾的陈金发结婚，一起在当地开展革命活动。

陈金发比罗七姐长两岁，曾到新集鄂豫皖苏区财经学校学习，是鄂豫皖苏区首批招录的300名专职财税员之一。

这些财税员一手拿枪，一手聚财，积极筹集资金和粮食，粉碎敌人的经济封锁，为鄂豫皖革命根据地的发展壮大做出了突出贡献。

他们赴汤蹈火、视死如归，许多人在征税途中被敌人逮捕，惨遭残害。

据统计，当年首批300名财税员几乎全部牺牲或失踪。

罗七姐与陈金发结婚后，陈金发教给罗七姐许多财税知识，如什么是累进税、收税方法、财经纪律等。

1934年，按照中共鄂豫皖省委和红二十五军的指示，罗七姐与陈金发在宋埠开了一个杂货店，贩卖山货、农产品。

同时，他们以杂货店为掩护，向宋埠、歧亭等集镇的工商业者宣传我党的政策，收集税款。

实际上，杂货店是我党设的地下税所。收税时，以红二十五军供给处名义"下条子"，条子上写明缴税的时间、地点、数额。杂货店为红二十五军筹集到了大量经费。红二十五军长征前夕，杂货店上交红二十五军供给处2000块大洋。

1934年11月，吴焕先、程子华、徐海东率领红二十五军长征后，大别山地区形势更加严峻。

中共鄂豫皖省委委员高敬亭重建红二十八军，大力发展便衣队，继续坚持大别山地区的革命斗争。

这时，罗七姐与陈金发开的杂货店接受地方党组织和红二十八军的领导。杂货店成为便衣队员的聚散地。便衣队员来这里传达红二十八军的指示，转运物资和税款，暗中保护收税人员。

大别山地区便衣队的威名家喻户晓，他们说到做到，随时出现，令反动分子谈虎色变，畏惧三分。罗七姐以"红二十八军便衣队"名义收税，畅通无阻。

三年游击战争时期，杂货店每月上交组织200多块大洋，还有大量的粮食、物资，源源不断地被运到红二十八军和游击队的驻地。

罗七姐她们收的税款还有一个重要用途，就是用于革命烈士亲属、红军亲属的抚恤救助。

一天，罗七姐突然接到通知，要她带着抚恤款去补锅佬湾看望吴大妈，告诉吴大妈，她在红二十八军中的小儿子已牺牲。吴大妈的大儿子、二儿子参加红军很早，一个在参加扶山寨的战斗中牺牲，一个在七里坪战役中牺牲。吴大妈的丈夫是村苏维埃主席，被反动武装"清乡团"杀害。大儿子媳妇也被敌人拉到外地卖掉。

罗七姐犯难了，我怎么能够把这个不幸的消息告诉孤苦伶仃的老妈妈呢？

傍晚，罗七姐在两名便衣队员的陪同下来到吴大妈家门前，正好吴大妈从后山上背着一捆柴回来。

罗七姐赶忙迎上去："大妈，您可要注意身体啊。"便衣队员接下柴火。

吴大妈见到罗七姐非常高兴，说："是七姐啊，我这身体好着哩。今天来是有什么事，还是路过？"

"没有事，就是来看看您。"罗七姐说。

吴大妈非要留下罗七姐吃晚饭。罗七姐帮吴大妈做饭，两名便衣队员把三间茅草房和两间厢房清理得干干净净。吴大妈要把唯一的一只老母鸡杀掉招待罗七姐，罗七姐坚决不许。

吴大妈做了几个菜，摆满了小桌子，有南瓜、豇豆、茄子、青菜，还有一盘韭菜炒鸡蛋。

也许是很久没有同这么多人坐在一起，吴大妈抑制不住激动，忙着给大家夹菜、盛饭。昏黄的木梓油灯下，吴大妈的脸上布满了深深的皱纹，头发也全白了。罗七姐不忍心说出吴大妈儿子牺牲的消息。

吴大妈问道："七姐，我的小儿子有信儿吗？他也快长大了。将来解放了，能找一个七姐这样的心肠好又能干的媳妇，我就享福了。"

罗七姐赶紧转过脸去，怕吴大妈看见她涌出的泪水。"大妈，还没有您儿子的音信。有点热，我出去凉快一下。"罗七姐起身到屋外。

吃完饭后，罗七姐立即动身告辞，给吴大妈几块大洋。

吴大妈不肯收下。

罗七姐对吴大妈说:"大妈,收下吧,就算我们存在您这里的。"

走出村外,罗七姐忍不住哭了。她对便衣队员说:"还是以后告诉吴妈妈吧。"

罗七姐遇到这样的事太多了。反动派对大别山人民进行疯狂的屠杀,多少人家破人亡,多少人无衣无食,数也数不清。罗七姐根据组织的安排,尽可能地多帮助那些无依无靠的穷苦人。人们把罗七姐当作救苦救难的活菩萨。

抗日战争爆发后,大别山地区抗日救亡运动兴起,罗七姐与陈金发也投入到抗日的洪流中。

1940年冬,中共鄂东地委决定开辟麻南(黄安、麻城、黄冈、黄陂四县交界地域)敌后根据地,建立地方政权。

1941年春,在根据地设立鄂东税务第四分局。第四分局相继建立20多个税务所和40多个税卡,在汉麻公路上公开征税。

在汉麻公路线上,宋埠是日伪势力的顽固堡垒,是麻城县日伪政府的所在地。日本侵略军一个大队的本部设在这里,300余人。整个宋埠,戒备森严,宋埠税务所的工作难以开展。

第四分局决定啃下宋埠这块"硬骨头",选送一批忠勇、有经验的年轻人战斗在税收最前沿、最危险的税卡上,名为敌伪的税收人员，实在为我党工作。他们的名字是陈金发、罗七姐、陈金安、陶才伢、赵老四、张启发、张斌。罗七姐任税务所所长。

罗七姐在宋埠以开钱庄为名，为党开展税收工作。

这时的罗七姐弯眉杏眼，樱桃小口，蓄着齐肩的短发，身着浅蓝色旗袍，亭亭玉立，从容典雅，周旋于各色人等之间。

罗七姐白天侦察敌情，晚上到土豪劣绅家、工商店铺征税，为新四军独立游击第五大队、新四军第五师提供了大量情报，筹集大批经费。同志们亲切地称她为"我们的钱庄老板"。

1944年9月，又一个菊花盛开的季节来临，但同往年不同，连日来天气阴沉闷热，绵绵细雨下个不停。

这天，罗七姐刚从外面回来，日军大队长带着一大群日伪军堵住了钱庄的大门。

罗七姐瞥见躲在日伪军后面的日伪区长陈丹祥，心里明白今天已无退路。她很平静地说："你们来做什么？是来抢钱吗？"

日寇大队长凶神恶煞般吼道："别装了，统统带走！"

有几个日本鬼子来架住罗七姐，罗七姐杏眼倒竖："一群狗强盗！放开，我自己会走！"

钱庄10余人都被日寇抓走。之后，日军把宋埠税务所管辖的螺壳潭税卡和补锅佬税卡的工作人员也抓了起来。

在狱中，日军大队长问："你们收的钱送到哪里去了？"

"都送给打日本鬼子的部队。谁打日本鬼子就送给谁。你知道新四军第五师吗？粮食和款都送给他们了。"罗七姐故意提起新四军第五师，因为大别山的日寇被新四军第五师打怕了。

日军大队长被激怒了，叫道："混蛋！"

罗七姐怒骂："真正的混蛋是你们这些强盗！中国人的钱中国人自己用，用到哪里，你们管得着吗？"

"好，算你嘴硬。你们同哪些共产党有联系，都交代出来，我可以放了你。"日军大队长还在幻想。

"共产党多得很，我说不完，你也抓不完，杀不完，何必费口舌。告诉你，我没有打算活着出去！"罗七姐狠狠顶了回去。

日军大队长气急败坏："打！狠狠地打！"

第二天，日军大队长还不死心，总想从共产党人身上得到一点有用的情报，于是安排罗七姐与丈夫陈金发会面。陈金发被带到罗七姐的牢房。

"你们好好聊一聊，或许都不用去死。"日军大队长做梦都想撬开他们的嘴。

两人都遍体鳞伤，已经被折磨得走不动路了。

他们在地上艰难地爬着。很久，他们终于拥在一起。

陈金发用手理了理罗七姐散乱的头发，用衣袖试图擦去罗七姐脸上的血迹，心疼地说："你受苦了。"

这时罗七姐再也忍不住了，啜泣起来。罗七姐问："你后悔娶我吗？"

143 信念之花

陈金发笑着说:"我这一生做了两件最骄傲的事,一件是跟着共产党干革命,另一件是娶了你。我死而无憾!"

罗七姐擦干泪水,说:"我们不求同生,但求同死。如果有来世,我们还做夫妻。"

敌人再一次强行把他们分开,但他们的心贴得更近了。

1944年9月18日上午,苍天垂泪,万物默哀。行刑前,罗七姐要求换换衣服再从容上路。日军将罗七姐和她的丈夫及战友们一起绑到宋埠文昌门外的河滩上。罗七姐和她的丈夫、战友宁死不屈,从地上艰难地站起来,用尽最后的一点力气高喊:"共产党万岁!打到日本帝国主义!"最后全部壮烈牺牲。